U0852081

那年，那些房客

nanian,naxie fangke

王 强 著

线装书局

图书在版编目（CIP）数据

那年，那些房客 / 王强著 . -- 北京：线装书局，2016.12

ISBN 978-7-5120-2326-0

Ⅰ．①那… Ⅱ．①王… Ⅲ．①散文集－中国－当代 Ⅳ．① I267

中国版本图书馆 CIP 数据核字 (2017) 第 003872 号

那年，那些房客

作　　者：王　强
责任编辑：程俊蓉
装帧设计：小马工作室
出版发行：线装书局
　　　　　地址：北京市西城区鼓楼西大街41号（100009）
　　　　　电话：010-64045283（发行部）64045583（总编室）
　　　　　网址：www.zgxzsj.com
经　　销：新华书店
印　　制：山东和平商务有限公司
开　　本：787mm×1092mm　1/16
印　　张：12
字　　数：136千字
版　　次：2016年12月第1版第1次印刷
印　　数：0001-1000册

更多资讯请访问官网

定　　价：45.00元

守护住生命中那些本真的感动

——序王强散文集《那年，那些房客》

马启代

我喜欢那些肚子里有话不得不说的作家，谨慎地看待那些把写作当做一项工作或任务的人，因为前者传递给我的是生命中本真的感动，他们能够唤起我还有我们许多人久违的心动、心痛、惆怅、喜悦、遗憾或梦想。文艺理论上说文学就是回忆或想象，其实作家不需要按照任何理论去写作，因为那很难保证就是创作。所谓创作都是燃烧自己，然后返身照亮时间隧道里那些幽暗角落的行为。像许多优秀的作家一样，王强由写诗出发，在“长河文丛”出版诗集《悄悄滴落的心雨》之后，洞窥到生命神秘的宝藏。他执心为灯，焚膏继晷、夙夜不懈，捧出了这部令我怦然心动的散文集。

房客，作为一个伴随社会发展历程出现的特殊群体，似乎在一九四九年公有制全面实行后趋于消失。土地改革和社会主义改造后的中国大陆，加上严格的户籍管理，基本消除了人口的自由流动。在我的记忆中，除了希区柯克导演的英国惊悚电影《房客》

和上海人民滑稽剧团的《七十二家房客》外，房客是一个被文学忽略的群体。王强的这部散文集以《那年，那些房客》作为书名，其第一卷“房客列传”似乎理所当然地成为填补空白之作。他根据自己的生活经历所描述的一系列房客人物成为了新的文学形象，从一个崭新的视角记录了二十世纪八十年代到世纪末急剧变革的中国在这些小人物的身上所留下的命运痕迹，成为一种独特的文学实证。作者把这些人物的辛酸苦辣置于城乡接合部区域变化的背景上，以家庭变化、个人成长和房客变换为经线，以生活细节、个人观察和人物际遇为纬线，编制成非虚构性质的史传。如果说这是文学的记述，我还嗅出了《史记》的味道。司马迁开创的“列传”有伯夷、管晏、老子、孙子、韩信等名流，也有酷吏、儒林、佞幸等众相，王强的“房客列传”虽无名家传世，却不乏百业众生，如吕俊、爱民、小杜、刘荣、姜保本、桂花、杜康、冯二、王力、丁磊等等不一而足，皆是社会底层百姓在时代大潮面前茫然失措和无奈挣扎的纪实。作者说：“那些年，在我家租住的房客很多，走了来，来了走，一茬接着一茬。在我的记忆中，房客给我留下了许多美好的回忆和无尽的伤感。他们伴我走完童年、少年和青年。”我敦促王强，要继续挖掘下去，为小人物立传，替共和国留史。

本书第二卷，作者将青春感悟和充沛的诗意感受相融合，正如卷题——“随心所欲”体现出的自由意味。他以浪漫的抒情笔法和刻骨铭心的写实技巧将《心中的雪》融化开来，一直流动到难忘的《当兵》岁月。那是把《心灵留下》的时光，弥散着作者挥之不去的记忆，那是《在绿色中感受生命的律动》的日子，至今氤氲着浓浓的《日子里的味道》。作者说：“回首一大片荒芜和将要荒芜的岁月，我顿悟了，不能留下遗憾，当然也没有什么好欣喜的。我知道，所有的人都是宇宙中一粒小小的、微不足道的尘埃，有的被记住了，有的则被遗忘了。所以更多的时候，我是不会违背自己意愿的。”历经种种考验，也可算青春无悔。因为在回味品咂过往的苦涩时，作者获得了思想和精神的升华。如果说第一卷“房客列传”由童年写起，笔触落在群像上，第二卷“随心所欲”便是青春的经历，笔触则主要落在个人的生存上，特别是兵营的历练，使本就天生具有侠义肝胆的作者陡生出傲视命运的豪气。

紧接着，第三卷他把笔触重新落在生命的起点上，从而以“返回”的视角打捞起“童年碎片”。童庆炳教授说：“几乎每一个伟大的作家都把自己的童年经验看成是巨大而珍贵的馈赠，看成是取之不尽、用之不竭的创作的源泉。”王强的写作也是如此，他在《姥娘》一文中写到的情景让人读来不禁会心一笑，甜蜜中又掺杂着丝丝心酸。他说：“姥娘在我面前似乎永无疲惫，她总是笑着问我：‘谁累啊？’我答：‘姥娘累累，强强累累。’‘谁好啊？’‘你好，我好，俩好。’”这样的话每天重复不知多少遍，总是引得周围的人哈哈大笑。我想，这些细腻、真切的描写一则证明了作者全心境的投入，二则强化了这些文章的感染力。而《二姑夫》《得劲》《地排车旧事》《姥爷》《拖拉机旧事》《老陈叔》《童年游戏》《烤癞蛤蟆》《肉》等则是作者描绘出的又一人物群像，与“房客群像”不同的是，这些人物多是作者的血脉至亲或最熟悉的朋友、伙伴，也符合他童年的视角和记忆。

是的，在这本书中，许多或令人酸楚或令人快乐甚至幸福的细节比比皆是，如他在《练摊》中有这样一段文字：“起初，见到每一个路过时向自己的摊位望来一眼的人我都立即热情介绍，几乎要拉住人家衣袖，直到把台词全部背诵完毕，直到人家走远。几天下来，持续微笑的肌肉仿佛被注射进了东西，上下左右怎么活动都不自在，一晚上一暖瓶白开水都不够喝，嗓子又干又热又疼。用手电筒对着镜子一照，不禁吓了一跳：那向着深处延伸的喉咙里竟然面对面肿了两个大红桃，在红桃的周围，还零碎布满了大小不一的白色满天星——我无法再大声说话。每逢有咨询的客人，我强咽一口唾液，仿佛从丹田处运气供给嗓子，把原本成套的台词用简单的两三句概括出来。”当然，作者对以往时光的记忆中也有许多爱和美好，那在风雪里把攒了好长时间才凑了十几小片肉藏在茶缸里揣在怀里黑夜回家给孩子吃的姥爷，还有用爱心不断帮助房客的母亲以及危急时刻跳水救人的流浪汉得劲的故事等等，都是令人无法忘怀的人间暖举。此外，除了忠实于生活原生态描写他人，作者以卢梭的勇气解剖自己用班费开游戏厅的描写既丰富了作者本人的精神内涵，也增加了作品的鲜活度和生动性，同时表明了作者自我超越的精神境界。如果要说本书在艺术上的另一个突出特点的话，那就是表达上所具有的浓郁的诗意。在《诗意泰山》中他写到：“雨后，在这万籁俱寂的山涧，静得能听到自己的心跳，静得能听到滴水四溅，静得仿佛能听到神仙的劝诫。我一下从喧嚣隐入了仙境，灵魂被洗涤后愈发洁净了，我的前世是否与这里有缘，由细雨牵线呢？”在《吕俊和继明》中他写到：“在这些杂物之下，有些不知名的杂草探出头来，伸长了腰肢和胳膊，肆无忌惮地生长着，展示着为所欲为的生命力。”在《爱民和佩琪》中他写到：“有一天中午，影子都躲进了各自的身体里，生怕被别人看到。……寒冷的北风打到墙上就四散开了，有些心存不善的风，顺着窗隙和烟囱，钻进屋里的每一个角落。这些风，不惹出些事端来，恐怕是不会善罢甘休的……”精准的细节把握、大胆的自我暴露以及深情的诗意表达构成了本书的主要艺术特色。

掩卷沉思，我眼前依然浮现着每天早出晚归像男人一样苦苦支撑着一个家的“桂花”、浮现着似乎撩拨起作者懵懂初恋冲动的美丽少女“刘荣”、浮现着神经失常，危急时刻却勇于救人的流浪汉“得劲”、浮现着第一次当黄牛被打被骗的“丁磊”、浮现着具有地痞特性却靠放映黄片为生的“杜康”、浮现着因爱上大自己八岁的女友燕子而被家庭驱逐最后成为杀人犯的“王力”、浮现着盗窃惯犯“冯二”、整天沉迷于打牌的“姜保本”、浮现着卖水果缺斤少两骗大学生的商贩“徐进财”以及家境贫寒但倾其所有热情待客的“老陈叔”等等。

这是一幅幅直面生存实相的人物肖像画，也是一张张描绘人世百态的社会风俗图，更是一首首承载悲欢离合的命运交响曲。准确地说，《那年，那些房客》正是一部携带着时光印痕、流淌着时代记忆、呈现着作者情感本色和灵魂歌哭的精神传记，是作者拷问历史和现实的青春献祭之书，其描写的“房客”群像对当下文学创作具有开创性的启示意义。值得庆幸和期许的是，这无疑是一部预示着作者更高更远征程的起步之作。

愿王强守护住这些生命中本真的感动，守护住这些，就守住了文学发生的源头，籍此前行，定会越走越开阔……

谨为序！

2016 年岁末　明夷斋

马启代，诗人，诗评家，“为良心写作”的倡导者，“长河文丛”、《长河》《山东诗人》主编。曾获第三届当代诗歌创作奖、首届亚洲诗人奖、第四届滴撒诗歌奖等，入编《山东文学通史》。

目录

第二卷　随心所欲

第三卷　童年碎片

第一卷

房客列传

那些年，在我家租住的房客很多，走了来，来了走，一茬接着一茬。在我的记忆中，房客给我留下了许多美好的回忆和无尽的伤感。他们伴我走完童年、少年和青年。

房屋出租
联系电话：
房屋出租
单间双间

吕俊和继明

我家的房子是分好几次才盖完的。一开始盖北屋的时候，只是打了地槽，竖起了五间屋筒子，别说是窗户、门了，就连大梁和檩条都没有。没钱有没钱的法儿，父亲叫上几个发小，到村东的卧虎山上砍了十几棵柏树拉回家，扒了皮，打了两架大梁，剩下的就当了檩条。又自己动手打了几张苇箔，好不容易才给屋顶挂上了瓦。我记得盖房那年，由于捡来的砖头不够用，西北屋的承重墙就用土坯垒砌成的。

房子盖好后，我们就从西边院里，搬到了属于我们自己的家了。那时我四岁。

那时候，父母在外干活或是下地回来，手里总会隔三岔五地捡几块砖头，母亲说："等攒够了，就把西屋盖起来。"

半年后，村里开始有来租房的了。李继明是我家的第一个房客。他们一家三口是从城里搬来的，妻子叫吕俊，我称呼她为俊姨，一个小男孩还不到两岁，叫琦琦。他两口都是汽车修理厂的工人，有孩子后，因家里住不开就搬了出来，租住在我家的西北屋里，房租每月十二块钱。

不到一年的时间，准备盖西屋的空地上，就散落着大大小小的一堆砖头了，但很难看到有完整的；大梁、檩条等杂物，现在看就是些废品之类的东西，乱七八糟地在那躺着。在这些杂物之下，有些不知名的杂草探出头来，伸长了腰肢和胳膊，肆无忌惮地生长着，展示着为所欲为的生命力。有些杂草长得比我还高，猫下腰保准看不见人，偶尔还会被拉拉秧之类的植物给腿上留下些火辣辣的“记号”。

夏天的晚上，蛐蛐们开始了“大合唱”，它们喜欢在夜深人静的时候唱，“吱吱吱吱”的欢歌似乎要唱一整夜，又在不知不觉中停止。我和琦琦总会在它们达到最高潮的时候，来打搅它们。琦琦抱着罐头瓶子，我左手拿着手电筒，右手拔下一根长长的带秆儿的草，学着大人的样子，把草从最顶端劈开后往上急速一撸，一撮毛茸茸的、细细的须儿就绽放开来。每天晚上，我们都会蹲在有叫声的地方等待着——它再叫一声我就能找到它。可是，等了半天，这里再也没有声音了。

琦琦小心翼翼地碰碰我，小声说道：“哥哥，我知道在哪儿。”

“在哪儿？”

“在后面，后面好几个呢，我听见了。”

我俩一问一答着调转过头去，轻轻挪动，结果刚走几步，这里也没了声音，反而原先等了半天的那个地方，又“吱吱”地叫了起来。我俩来回移动着，一连几个晚上都没逮到一只，身上却多了不少被蚊虫叮咬的包。

有一天晚上，琦琦的父亲看到我俩这狼狈的样子，笑着对我们说："明天晚上我帮你俩逮。"

琦琦的父亲是修理厂的普通工人，在当时，当工人是相当场面的工作。到点上下班，还有休息日，那真是铁饭碗。下班回来，晚上还有时间陪我们逮蛐蛐儿，这比起农民和下大力的人来说，不知好多少倍。我小的时候，父亲晚上就从未陪我玩过。父亲那时候拉地排车装运石头，回到家草草吃点饭，洗洗就睡了。虽然他们租住在我家，但那时候我就觉得，琦琦家比我们家好。

琦琦家吃的、用的都比我们家强。就说玩具吧，有很多我都没见过。有时晚上没事的时候，母亲就会带我去他家串门，只有在那时，我才有机会触碰一下那些好玩儿的玩具。串门在农村属于再正常不过的了，而他们似乎就不太喜欢。

有一天晚上，母亲去琦琦家串门，我也一起跟了过去。落座不长时间，我发现对面的黑白电视机上面摆放着一个相框，里面的照片是他们三口人的合影，还是彩色的。

我很好奇，就拽着母亲的手说："妈，你看看，那里还有那个呢。"边说边用另一只手指着。

母亲顺着我指的方向看去，"嗯，嗯"了两声。

俊姨看我指着那东西，一顿神，起身走过去，伸手拿起了相框旁边的一个盒子，从里面拿出一根蛋酥卷给我。那是一根诱人的黄色蛋酥卷，我从未吃过。

我望着母亲，母亲笑着说："给琦琦留着吧，俺这个不一定吃。"

俊姨说："都是小孩，尝尝吧。"

我再一次望着母亲，母亲也看了看我，问道："想吃吗？"我拼命地点着头。

那次，我把掉在衣服上的碎末都没放过。

以后我再去琦琦家，眼睛总是偷偷地看那个盒子，我看到上面写着“把美味和营养卷起来”。

爱民和佩琪

后来，我家陆续盖起了东屋、西屋、南屋。

随着城市的拓展，来村里租房子的人越来越多了，父亲就把院里那唯一的一棵梧桐树给伐掉了。为了省钱，父亲当大工，母亲当小工，俩人自己动手把南屋盖了起来。南屋，其实就是原先的院子，这个院子里，记下了我无数个童年快乐的印迹。这里曾盖过猪圈、养过海狸鼠，我还在海狸鼠的水池里洗过澡呢！

第一个住进南屋的，是来自沂蒙山区的佩琪和爱民。佩琪身高一米七八，头发三七分，在黝黑皮肤的衬托下，显得帅气十足。他虽不善言谈，但老实能干，肚子里还有点儿学问，言谈举止彬彬有礼，用他当时挂在嘴边的话说就是“腹有诗书气自华”。由于家庭条件的原因，他上到初中就辍学了。父母在家务农，他是家里的老大，弟弟妹妹都小，他认为自己有责任替父母分忧，就打了铺盖卷，拿了少许路费，出门打工了。即使出来打工，他也从未放弃过学习。

搬来的时候，箱子里装的大部分是书。那时候的书我看不懂，就觉得好玩，有些杂志上的图画挺好看，还有的中间有一张单独的、像牛皮纸一样厚实——现在我知道叫“铜版纸”。那张纸可以叠成“洋画”，用来和小朋友们一起扇。当时，扇洋画是我们八十年代的孩子最流行的游戏之一了。爱民与佩琪的年龄相仿，她柔柔弱弱的，知书达理，说话的声音必须得认真地听才能听到，她除了出去买菜，空余时间全部在这间不足十平方米的屋子里，拉上窗帘，也没有电视机，我不知道她这一天在里面干什么，或许也在读书吧。佩琪干的是架子工，每天早出晚归，我很少见到他，有时候工地赶工期他就不回来了，很是辛苦。爱民就在家里操持家务，做做饭、洗洗衣服什么的。那年我上小学三四年级，父母都在华洋商场上班，父亲干保卫，母亲当营业员，中午都不回来。我的午饭就再也没正经吃过，要么吃昨晚剩下的，要么就买两个素火烧。虽然和爷爷奶奶家住得很近，因为知道他们不喜欢我，所以就很少去。自从佩琪和爱民来到我们家后，我的中午饭就有了着落。那一次，爱民看到我吃的馒头又凉又硬，她把我叫过去，给了我几根油炸的大麻花，我不好意思要，她说：“阿姨吃不了，你帮我吃几个吧。”说着就拿了几根装进了塑料袋里，然后对我说：“上学的路上吃。”我接过装有麻花的塑料袋，谢都没说一声，就跑掉了。

在路上，我碰到了爷爷，我喊了他一声后，正准备要走，他问：“你拿的什么啊，小强？”

“俺家房客给的麻花。”

“别拿着上学校，去了，别人就都给你吃了。给我吧，我给你留着。”

后来，爷爷也没有还给我，想想还不如给同学吃呢，最起码谁

吃我的麻花，谁就得跟着我玩几天。那天晚上，佩琪和爱民到我们屋里来串门。我边写作业边抬头看他们，生怕爱民把给我麻花的事情说出来，要是母亲问起来，我该如何回答呢？我是如实说，还是编瞎话呢？我根本没有心思写作业，假装低着头，眼睛和耳朵却在他们中间不停徘徊着。

爱民对我母亲说："大姐，以后中午就让小强跟我吃吧，反正我自己也怪闷的。"

母亲说："那怎么好意思啊，都怪忙的，你还得伺候佩琪，不好麻烦你，再说这也不是一两天的事。"

"没事没事，佩琪出去就是一天，有时候还不回来。我在家收拾完了也没事干，小强跟着我吃，我正好当个事儿，打发打发时间。"

母亲感激万分，非要拿出钱来给爱民，作为我的伙食费。她没有要。我始终没听见麻花的事情，心里暗自高兴，赶紧把目光收回来，再仔细一看，作业本上的一行字被我错写成了两行。

爱民很会做饭，总能变换着花样做。知道我爱吃辣椒炒肉，她总会隔三岔五地炒上一盘，辣椒不算辣，肉却很香。当时家里都没有冰箱，肉也不敢多买，她就每天步行两公里，去村北面的舜玉小区菜市场。家里放着自行车，她也不骑。母亲每次给她钱，她也从没要过。后来，母亲干脆就不再收她的房租了。

有一天中午，影子都躲进了各自的身体里，生怕被别人看到。我放学回来，刚进大门就看到爱民正在窗户下炒菜，阳光打在她的身上，就像是笼罩着一个光环。汗珠顺着脸颊滑落在她的上衣上，白色T恤衫被汗水打湿，懒散地贴在胸前，身材更显得凹凸有致。爱民看我盯着看她的前胸，便使劲儿往下拽了拽衣服，说："放学了，先写作业吧，饭一会儿就好。”等到她把饭菜端上来的时候，我发现那件白色T恤衫早已躺在了门后的洗衣盆里。我望着它，它好像也在诡异地注视着我似的。

有一次我回到家，看到她的房门锁着，敲了敲窗户也没人应声，这是从未有过的事。正当我踟蹰的当儿，她回来了。我发现她拎菜的那只手背上，贴着一截医用胶带，白色的棉球早已洇染成了红色……转眼到了寒假，寒冷的北风打到墙上就四散开了，有些心存不善的风，顺着窗隙和烟囱，钻进屋里的每一个角落。这些风，不惹出些事端来，恐怕是不会善罢甘休的。一天早上，母亲去上班了，父亲下夜班还未回来。这个点，爱民应该早就起床收拾房间了。我一直没听到动静，脑海里突然闪过敲她门的想法。我穿好衣服，过去敲了敲门，没人回应，我又敲了敲窗户，还是没有人回应。我喊了她几声，又使劲推了推屋门，门被反锁着，顺着门缝往里瞅，里面很黑，什么也看不见。我有些着急，我确定她在屋里，一种不祥的预感瞬间占据了我的脑子，我赶紧把隔壁西屋里的房客黄叔叫了过来，说明了原因。

他说：“坏了，肯定是煤气中毒了，昨晚倒风了！”

他随手拿起窗台上的一块砖头，打碎了屋门上的玻璃，伸进手去，把屋门打开，只见爱民趴在地上，身上穿着睡衣，头和手朝着门，看样子是想要去开门。黄叔赶忙把她抱了出来，我赶紧说：“先放我床上吧。”黄叔把爱民放下，又回去把窗户都打开，把蜂窝煤炉子提了出来。黄叔看我不知所措的样子，说：“赶紧去找大夫。”我疯了似的跑到村里的医务室，把正在看病的大夫拽了来。一个多小时后，爱民渐渐恢复了意识。

她攥着我的手，说道：“我听见你在喊我，我以为你放学回来，该吃饭了。”我的眼睛渐渐模糊了，她攥着我的手，攥得那么紧。那年冬天，他们搬走了，说是回老家。临走的时候，爱民送给母亲一件亲手织的毛衣，说也没什么东西可给的，这件毛衣就算是个念想吧。

两年后深秋的一个傍晚，我和小伙伴正在胡同里玩耍，一位妇女抱着婴儿，男的拎着包裹，站在胡同口。我抬头一看，是爱民和佩琪。

我飞也似的跑到家门口，大声喊道：“妈，妈！爱民姨回来了！”

刘 荣

刘荣来租房的时候，是三个人一起来的，且都背着电子琴。她与我同龄，那年都是十五岁。

她们住在楼上东南屋。这间屋子东西长，南北则较窄，屋门与我的屋门相对，一张通铺睡三个女孩儿勉强可以，三架电子琴摆在三面墙的一侧。晚上经常能听到她们练琴的和声，而我一点也听不懂。

由于我俩年龄相仿，共同的语言自然就多了起来。她总会对我说她在老家连云港上学的一些事儿。而我也会对她讲每一天学校里发生了什么，像谁被打了、哪个男生追哪个女生了、老师今天又把谁叫去办公室了等等。她似乎非常愿意听我对她讲这些，不知道是女孩子喜欢听八卦新闻，还是她的心还向往着学校的生活。总之，她愿意听，我也就愿意说。

我对她讲这些事情的时候，大部分是在我的屋里。我不喜欢她屋里的气味，她在屋里待久了，身上也沾有那种气味，她似乎知道，所以她每次过来都会主动拿起带茉莉花香味的空气清新剂，在我屋里喷一下。

有的时候，我也会做一些不理智的事情。

有一次晚上八点左右，我透过门缝看到就她一个人在屋里，我铆足了勇气敲门进去了。有句话叫“灯下看女人，越看越迷人”。看到她白皙的皮肤，纤长的手指，我的心躁动起来，快到十点了，看到她哈欠连天的，我就佯装要走，就在她送我到门口的时候，我突然抓住了她的手，还没等我有下一个动作，她立即抽回手去把我推出了门外。我在门外站了多久，她挡在门内也多久。

还有一次，她正在翻看我的邮票，那是我非常喜欢的一套，从来没有用手拿过，都是用镊子夹住角来翻看。那天她正翻看着的时候，我对她讲了英语考试的事。

“昨天考了英语，今天发卷子，我考了 60 分。”

“不错，及格了。”

“嗯，英语老师把我叫到办公室了。”

“表扬你了？”

“我一开始也以为是呢，你猜怎么着？”

“怎么了？”

“老师又拿出一张一模一样的卷子让我重新在她那里做一遍。”

“为什么？”

“我英语从来没及格过，这次及格，老师不信！”

“哈哈哈。”

笑声还在屋子里萦绕，那套邮票却在她手里一跃而下，她赶紧俯身去捡，我还没来得及阻止，她就用手捡了起来。我大叫起来，发起了脾气，气乎乎地把她撵出了我的屋子。

一连十几天我都没理她，她也没主动来找我。说实话，她性格很倔强，甚至超过我。我决定妥协。

一直以来，白天我去上课，她去学琴，当我真想与她说话的时候，却发现她的房门上总是挂着锁。我看着锁，锁盯着我，我们相互对视，好似我用眼睛与它打了一架，最终还是我败下阵来。

一个周末的上午，看到她们门上的锁不见了，我赶紧过去使劲儿推了一下房门，门没动，是在里面反插了插销。我的心先是一喜，而后是一惊。

“谁啊？”

我支吾了半天，说道：“噢，我在拍苍蝇，对不起，你睡你的。”

我赶紧逃开了。

那天我没有出门，一直等到她们下午起床。第一个出来的是刘荣，她睡眼惺忪地准备下楼。

我冲她喊道：“刘荣，我切了西瓜，一会儿过来吃啊。”

她停下急促的脚步回了一下头，回道：“啊？啊。”接着就小跑着下去了。

那天下午，我向她道了歉，又问了她们最近的行踪。原来，她们带的钱基本都花完了，又不好意思跟家里要，她们三个当中年龄最大的一个提议，去夜总会干兼职。

我问：“你也去了？”

她说：“我就是光倒倒酒，别的不用干，有时候那些老板摸摸手就给一百元小费呢。”

听她说话的语气还带了些得意。当时，在我的概念里，夜总会是不干净的地方，像她这样涉世未深的女孩子去了肯定会学坏。

我把这件事告诉了母亲。母亲让我回了自己的房间，她和刘荣聊了很长时间，期间还打了一个电话。

几天后的一个深夜，也就是那两个女孩儿搬走后的第三天，母亲和刘荣打车去了火车站，接来了刘荣的妈妈。母亲后来对我说，在去火车站的路上，出租车司机和坐在副驾驶上的人看刘荣长得不错，就要图谋不轨。母亲用说了三四十年的济南话冲他们说："别乱来啊，都是济南的。" 这才平息了一次意外。第二天中午放学回来，我发现刘荣的屋门敞开着，屋内早已被母亲打扫得一干二净了。

我跑进屋里问母亲："刘荣呢？"

"搬走了，哦，回老家了。"

"怎么连个招呼也不打就走了呢？！"

"人家订好了今天下午的火车票，怕误了点就早走了。这是刘荣给你的信，她不让我看，我真没看啊。"

我关上屋门，抽出信。

强哥：当你看到这封信的时候，我已经离开了济南，这里是让我怀念的地方。谢谢你这几个月对我的照顾，你们一家都是好人。这三百块钱是婶子那天给我的，当面给她我怕她不要，就请你替我给她吧。还有一件事得麻烦你，我那两个姐妹被一个老板叫走了，要是她们回来找我，就告诉她们我回老家了，让她们放心……谢谢你。

我会给你写信的！

荣

1995 年 6 月 17 日

丁磊和我

丁磊搬来的时候，我已经十九岁了，他是个厨师，住在刘荣住过的那间屋里。厨师在我的印象里是头大脖子粗，可他却是又矮又瘦。

丁磊平时沉默寡言，很少与人说话拉呱。他酷爱足球，是山东鲁能泰山足球队的铁杆球迷。他有几个同样热爱足球的好朋友，只要一有足球赛，就会聚在屋里，弄几样小菜，喝着啤酒，看电视直播。有时候我也会参与其中，还经常会为踢进一粒好球而碰杯庆祝，也会为了一次判罚或是一个假摔而破口大骂。

因为，我也是个球迷，不仅爱看，还爱踢。那时上学踢，放学也踢；周末早上踢，下午也踢。父母有时不让我去，只要一看到我穿上足球鞋，肯定就不让出门了。那时我住在二楼，我就事先把足球鞋和球衣放在袋子里，用绳子在窗户里顺下去，然后若无其事地往外走，每次都能得逞，屡试不爽。

一九九九年，山东鲁能泰山队与大连实德万达队争夺足协杯冠军，这是决赛，主客场制，泰山队在客场 1:1 战平万达队，主场只要获胜就是冠军，之前泰山队已经获得了联赛冠军。假若这场胜了，那么，泰山队将是中国足球俱乐部史上首个获得双冠王的球队。这场球当时被炒得热火朝天，球票一度告罄。

一九九九年冬天，对于济南而言，注定是一个不平凡的冬季。因为足球，那个冬季济南的天空显得特别闪亮，特别地令人血脉贲张，但是因为假票，这个城市的天空却是显得那么灰暗。

还在上学的我，看准了这次商机，蓄谋大赚一笔。和我同样有这个想法的何止我一人，丁磊就是其中之一。在我说服了父亲后，揣着两千七百块钱，和同学培磊一起去贵和商厦的五楼，买了二十张一百二十元的、六张五十元的球票。就在我和培磊出校门的时候，看到当时我的女朋友和我的好友王宣在教学楼后面说着什么，当时我根本没有在意，这件事还发生了一段小故事，后来演变成了事故，等以后有时间再说给大家听吧。

真要怀了兴致等待一个日子，就觉得时间的步子迈得慢了。

这些票在我的抽屉里锁了近一个月。等到决赛的那天，一九九九年十二月十二日，我叫上表哥，吃过午饭就出发了。临走之前，我夸下海口，要父亲在家备几个好菜，晚上回来“庆功宴”伺候。

事情真的就像我想得那样简单吗？当然不是。和丁磊一行几人来到省体育中心，那里早已是人山人海了。这是我第一当“黄牛党”，心里怦怦乱跳，票不敢拿出来，也不敢问别人有要买票的吗。丁磊和我一样。倒是有很多人问我们要不要票，我试探性地询问了票的价格，尤其是面值一百二的。这一问不要紧，汗珠“刷”地就占据

了我的脑门，这汗珠就好像是一个大大的问号和感叹号交织在一起，混合成了不知名的符号敲打着我。我接连问了几个，这一百二的票有卖五十的、六十的、一百的。我回头问丁磊，说怎么办呢？丁磊虽比我大几岁，但他也是“大姑娘坐花轿——头一回”。他说：“咱卖一百五，碰上买的一百二、一百也行，不能砸在手里。”表哥也这么说。于是我们各自拿了票，就分头开始行动了。

我鼓足勇气，装作很老道的样子，问了几个人，没有理睬的。多少有些失落。有个人主动过来搭讪，问我多少钱？有多少张？当时亏了我多个心眼儿，手里就拿了六张，我说：“一百，就这些了。”刚说完，他猛地一下，把那六张票全都抢了去，还要抓着我去什么办公室。我一听就害怕了，赶紧蹲在地上，耍起了赖。我想，票拿就拿走吧，反正我不跟你走，真要去了再揍我一顿那就惨了。当时，我也不知道那人到底是不是真的抓票贩子的。

等那人走远了，我站起来也跑了，庆幸没被抓起来。我赶紧去找他们，突然，不远处有几个人围着一个人拳打脚踢，周边围了一圈人。我拼命挤过去，一看是丁磊，满脸都是血，衣服上有好几处脚印都是叠加的。我没敢上前去制止，当时我也害怕。等那几个人走了，我才过去把他扶起来，问清了缘由。原来，我们分开后他就碰上了一笔“大买卖”。

有个文身男人过来问他：“票多少钱？”

丁磊说：“一百五。”

“有多少张？我全要了。”

丁磊一听来了兴致，高兴地说：“六十张，现在有三十张，其他的在朋友那里。”

文身男人说：“先给我这三十张吧，那些一会儿你拿过来再说。”

说着，两人就一手交了钱一手交了票。

丁磊还沉浸在喜悦当中时，文身男人追了过来，说票是假的，让他退钱。

丁磊说：“不可能，这票是从正规售票点买的，怎么会是假的呢？！”

文身男人说：“怎么不是，你看，号码都是一样的！”

丁磊一看，果然是，真的票面上每一个编码都是独立的一个，而这三十张，都是一个号码。

还没等丁磊解释，就又过来几个男的，不由分说地动起了手。最后，钱和票都被抢走了，包括那些假票。

我听到这里，也不知该说什么，我刚才被抢走的那六张票就不值得一提了。

在旁边一直围观的还有我的一位叔叔，叫保良。他看到我去搀扶丁磊，就过来问我：“小强，你来干什么了？”

我一五一十地对保良叔说了我和丁磊的事。

保良叔说：“这些人就是干这个的，专黑唬你们这些半大孩子。还有票吗？拿过来我帮你们卖吧。”

我这才发现，在保良叔身后，有一张桌子和两张椅子，桌子上放着牌子，写着：正规售票处。

我让丁磊把他其他的票拿过来给了保良叔，因为他损失比我惨重。最后，保良叔给了他两千块钱。

保良叔说：“假票太多了，真票才十块钱一张，拿着这些钱吧，损失少些。”

那次，我投资了两千七百块钱，收回了一千二；丁磊投资了七千二百块钱，收回了两千，还挨了顿揍，真是赔了夫人又折兵啊！

虽然比赛结果是泰山队 3:2 胜了万达队，也获得了双冠王，但我和丁磊丝毫也高兴不起来。

回到家中，我发现丁磊的屋里他的几个朋友围着火锅吃着涮羊肉，谈论着罗麦多完成了帽子戏法是多么的牛 ×，而丁磊仰面躺在床上，眼睛望着窗外深深的夜空。

他什么也没看到，或许又会看到些什么吧！

杜　康

我家的西北屋正冲着马路，为了租个好价钱，父亲把院里的门封上，开了个后门。

这间屋有三十个平方米左右，由于位置好，便于装卸，刚一装上门，就被几位收废品的租了去。没出几个月，一个大胖子也相中了这间房子，觉得在这里开家放映厅应该能赚钱，这个人就是杜康。他发现，这个路段是交通要道，南来北往的人都从这里经过。当时我们村常住人口两千多，暂住人口达到了两万人左右。这人一多，房子就好租，东西就好卖。林子大了什么鸟都有，人一多，人也就丰富多彩起来。当时我们村流行这么一句话：污水靠蒸发、垃圾靠风刮、治安靠钱拉。

杜康找到我母亲，非要在原房租的基础上再加五十块钱，要我母亲把收废品的撵走，母亲说人家住了好几个月了，这又刚交了下个月的房钱，现在撵不合适，等住下这一个月来，到这个月中旬再跟人家说，好让他们提前找房子。杜康不依，非要赖着母亲撵走他们。母亲说租房子也要讲究个诚信，不能为了这几十块钱而失了信誉，死活没答应。结果到了晚上，杜康叫来几个人，都满身的酒气。

“你们谁说了算？”杜康一脚踹开了收废品的门。门后面洗脸盆里的水黑得看不见底，被门猛地一撞，晃荡了几下差点漾出来。

几个收废品的正光着膀子，围坐在一起打牌呢，旁边还有未喝完的简装白酒。一看这架势，原本大呼小叫的声音戛然而止，年龄较大的老康站起来说道：“怎么了，大哥？我们都是老实人，出来混穷的，没有得罪的地方吧！”

“那倒没有，就是哥几个看着这间屋子挺好，你们在这里住不太合适，想跟你商量商量，让你们搬到别的地方去，反正收废品在哪儿都一样。”他环顾着四周说道。

“可，可你们这也不像是来商量的啊？我们刚交了一个月的房钱，还没到期呢！”老康借着酒劲反驳道。

“房钱好说，多少钱我给你，给你们三天时间，把房子给我腾出来，咱都好，要不然，就不好说咯。”他阴阳怪气地说道。

他身后的一个年轻小伙子，右手中一把明晃晃的刀子，不时地敲打着自己的左手。

第三天，老康他们搬到了西边胡同我的小学老师家。

杜康紧接着就开始交房租粉刷墙壁。原本白色的墙壁，被收废品的老康他们糟蹋得已看不清了原色。没几天，屋内就焕然一新了，白色的墙壁上，挂满了男女明星的宣传海报，记得那时候有成龙、周润发、刘德华、施瓦辛格、史泰龙、舒淇等；地面上画上了“地面砖”；一条条高低不等的长条椅摆放得整整齐齐；最西头放了一张三抽桌，中间的抽屉带着锁，桌上放了一台 29 吋彩色电视机，旁边是一个影碟机，一摞摞光盘放在一侧的椅子上，桌子的两侧摆放着两个一米多高的音响，门两侧墙上挂着两个小点的喇叭；门口椅子上坐着一个胖子，这个人就是杜康。

自从放映厅营业后，我家房檐下的麻雀就搬家了。

不得不佩服他的眼光，来放映厅的人从早到晚络绎不绝。白天是他弟弟负责收费，每人一块钱，门口的喇叭开到最大，恨不能让整个村的人都听到；晚上十点以后是通宵，每人三块钱，由杜康专门负责，门窗紧闭，门口的音响鸦雀无声了，屋里的音响响着，就是趴到门上听，也很难听得到。

晚上的生意明显比白天好，基本上是座无虚席，来晚了的就坐在电视下面或是蹲着。后来，放一个盘的影碟机换成了三碟连放的。

有一天晚上，到十点了还是放的武打片，刚进来的几个人就嚷道："老板，抓紧放好的！"他喊道："严打！"其他人哈哈大笑起来。

我发现，白天偶尔也会有女的出入。这些女人，有的是老家的媳妇不放心自家的男人在外面，就跟来了；有的是临时拼凑起来在外面一起搭伙过日子的。到了晚上，就全是男的了。这些男人，干建筑或打工的居多，有的头发蓬松着，有的手上还带着油漆，有的裤腿上的边缝都开了，3520 的布鞋，十个脚趾头露了五个。我还发现这些人的特征：抽的烟不是带过滤嘴的、喝的酒不是成瓶的、吃的饭不是带荤腥的、口袋里的钞票没有一张是十块的。

通宵有的人是看不完的。一会儿就会出来一个或是几个，往东走两百米左右，那里是村里的红灯区。闪烁的霓虹灯让有些人不敢多看一眼，而又让一大部分在外打工的人流连忘返。这里的霓虹是和放映厅、成人用品店配套的，一家关门，其他就会受影响。

有一天傍晚，下了一场雨，来不及逃走的雨水被困在了坑坑洼洼里，就像没有睡意的孩童，东瞧瞧，西望望，迟迟不肯安静地闭上眼睛，而月光却步步逼近。

到了夜里，村里联防队突然出动，直奔杜康的放映厅。里面的人一听是联防队来了，一股脑地往外涌，有的鞋掉了，有的刚打开的酒也不要了，有的刚涂了风油精，脸上还泛着明亮亮的光。风油精和着汗臭与脚臭，把整个屋里弄得乌烟瘴气。联防队员捏着鼻子把影碟机和桌上的光盘全部拿走了，包括锁在抽屉里面的光盘，并让杜康明天去联防治保会接受处罚领回东西。

第二天，杜康点头哈腰地去了，却又两手空空地回来了。处罚结果是罚款三千，他对我说："我一台机子才三千多，罚我那么多钱，那我还不如买个新的呢。"我对他说："你买了新的他们不还得给你没收啊！昨天晚上联防队来的人有一个我认识，是我哥的同学，不行，找找他。"他赶忙答应着好好好。

有关系确实好办事，他花了一千块钱，外加两盒万宝路香烟，就把事情搞定了。

搬回东西来一看，影碟机在，武打和喜剧的光盘也在，唯独那些所谓的"好的"被没收了。

王力和燕子

十八岁那年，我曾经跟着我家的一个房客学过足球、象棋、吉他和炒菜。他叫王力，住在楼上西北屋。

他身高一米八五，脸如镌刻般五官分明，有棱有角的脸俊美异常。外表看起来好像放荡不羁，剑眉下一双美目会说话，好像让人一不小心就会沦陷进去，高挺的鼻子，厚薄适中的红唇，别说女人，就是男人都愿意再多看他一眼。

他部队复员后，被分配到一所国家级重点中专学校里做后勤工作，其父母也都是在校教师。由于家庭条件较好，很多人给他介绍女朋友，但他一个也没相中。

燕子老家是曲阜农村的，在这所中专教职工宿舍楼下的理发店打工。虽在农村长大，但她皮肤白皙无瑕，短发齐耳，看上去干净利索。清澈明亮的瞳孔，弯弯的柳眉，长长的睫毛微微颤动着，薄薄的双唇如玫瑰花瓣娇艳欲滴。

王力自从到燕子那里理过一次发后，就再也没去过其他的理发店。

慢慢地，两个人开始交往了。燕子长相恬静，很善解人意，无论老幼都能谈得来，舞跳得还非常好，教职工宿舍的人都很喜欢她。

俩人很快确定了恋爱关系，可王力的父母坚决不同意，主要原因是燕子比王力大八岁。

无法说服父母，他决定从家里搬出来，与燕子一起租房子住。经过朋友介绍，他俩就来到了我们家。没有父母在身边的他感觉异常轻松和愉悦，俩人过起了小日子。那段时间，我时常听他弹着吉他，看她在一旁伴舞，好不惬意。

后来，燕子为了避开王力的父母，就辞掉了理发店的工作，专职理家。他则一放学就骑着自行车往回赶，每次都是大汗淋漓，每次都不忘买一根红肠，因为她爱吃。他的父母一看俩人真在外面租了房子，过起了二人世界，一气之下，把他的工资卡给没收了。

刚开始他倒感觉没什么，反正俩人还有点小积蓄，可是时间一长，就坐吃山空了。

夏日的一个傍晚，有几片乌云从天空的一侧移动过来。她一看表，知道他快回来了，就匆匆锁了门去了菜市场。乌云的力量明显不足，不一会儿就飘不动了，淅淅沥沥地下起了雨，这雨下得很敷衍，几分钟就烟消云散。但天地间仍然填满了令人心神不宁的燥热。

她从出门到回来只有短短的十几分钟，他们的房间就被盗了。所有的积蓄，还有一些值钱的东西，包括那把他最喜欢的吉他，统统被偷走了。其实那次应该是遇上“家贼”了。记得那天的夕阳被天边的黑云蒙住了脸，我放学回来，看到燕子锁门正要出去。

我说：“燕姐，快下雨了还出去啊？”

她笑着对我说："我去市场上买点菜，你回来了，王力就该回来了。"

我"嗯"了一下就回了屋。

也就是一分钟的工夫，母亲让我把垃圾倒掉，顺便买几个烧饼。当我出屋门的时候，看见另一个房客在王力的门口摆弄煤气罐，当时我没有在意，还打了声招呼后才离开。后来知道王力家被盗了，我才感觉到那个摆弄煤气罐的房客是有意在遮挡住王力的屋门，但是我没有证据。派出所的人也来了，拍了几张照片，询问了几个房客，简单地录了一下口供，就离开了。

事情就这样不了了之。后来他开始向同事借钱，越借越多，有的同事不好意思跟他要，就旁敲侧击地对他父母说了。

他的父母说："他的事儿我们不管，谁借的跟谁去要。找了个大八岁的女朋友不嫌丢人。"

这话传到了他的耳朵里，他回去跟父母摊牌，说除了燕子谁也不娶！

他的父母说："只要你要她，银行卡不但不给你，就连这个家你也别回来了。"王力一气之下摔门而去。

他的父母再一次面对面和他说话的时候，是半年后在看守所里。他们一再自责是自己害了儿子，不该干涉孩子的婚姻，不该没收他的银行卡，不该不让他回家……

自从他摔门走后，就真的再也没有回过家，外面欠的钱越来越多，走投无路的他只能铤而走险，他实施了入室盗窃。所谓饥不择食，他把目标对准了中专教职工宿舍，由于熟悉地形，了解每一家的经济状况，自以为会手到擒来。当他第一次盗窃完正准备离开的时候，房主回来了，一看都认识，他或许是怕房主报案或是怕说出去，人急无智，一锤头，把房主砸死了。

他被羁押在看守所里，等待着法律的惩罚。冬季的看守所就像一只巨大的、冰冷的茧，密封了整个世界。雪，轻盈的雪，在深夜突然来临，裹挟着尘世的尘，毫不犹豫地坠落。翌日，或许是一个阳光的日子，而昨夜的雪，已幻化成了一个故事。

王力被判了死刑。他在临刑前想要看燕子最后一眼，而她没有赴约。

王力被枪毙后的第二天，她什么也没带——走了。

冯 二

前文中提到在王力门口摆弄煤气罐的，名叫冯二，东北人，住在楼上东屋，与他同住的还有他的女朋友。

他也是通过熟人介绍才搬过来的。刚搬来的时候，屋里只有一张床是大物件，其他是一个小餐桌、两个小马扎和一些锅碗瓢盆之类的生活用品。他的女朋友是从老家一起来的，听说还有点亲戚关系，好像是他继父的姑娘，反正那时候我也不懂，只知道人很漂亮，总爱穿低胸吊带的衣服。

他在我们家住了好几年，因此相互之间就比较放得开，有什么事情都是互相帮忙，如他来借什么东西、打个长途电话等等。有时我家的电视坏了，经他一鼓捣，就好了；风扇不转了，他拿到他的屋里，一会儿工夫，通上电呼呼地又转了……他吉他弹得也好，教过我指法、和弦等一些入门的基础知识，当时我很敬佩他。

有一年刚刚入冬，我喜欢上了运动品牌的衣服，就央求母亲也给我买一身，说同学们都穿名牌，我在他们面前显得很土，并一再强调，这次买了，过年就不再要新衣服了。母亲经不住我的软磨硬泡，就狠了狠心，给我买了一身李宁牌的运动衣。红黑色的上衣，黑色的裤子。人家说：红配黑，有人追；红配蓝，讨人嫌。而那一身衣服，是我们家一间屋子半年的房租。

我穿着这身衣服，哪里人多就往哪里去。到了学校，我会把课桌凳擦好几遍，然后再坐下；到了喜爱的足球场上，我基本也是偶尔地触碰一下足球，生怕弄脏了衣服。

第一次洗这身衣服，是我自己洗的。我放了半袋洗衣粉，母亲说："怎么放这么多？"

我说："这样洗得干净，我都穿了快俩月了。"

洗完后的水根本看不到盆底。

我把衣服晾在院子里的晾条上，衣服上的水还夹带着些许的泡沫往下滴。冬天的夜色来得很突然，不一会儿视线就模糊了。

吃完晚饭我准备把衣服拿回屋里。出门一看，我愣了，衣服没了，只剩下衣架、刚才还好好地在晾条上的衣服，怎么不见了呢？我想是不是别的房客收错了，不会啊，刚才晾条上就我这两件。是掉在楼下了，我顺着微弱的灯光使劲儿往下望去，没有啊。我慌了，赶紧去喊母亲。

母亲看我眼里打转的泪水，给我擦了擦，说道："肯定是别人收错了，这么晚了也不好去敲人家门，明天一早咱再去找，放心吧，没不了。"

我半信半疑地点着头，回到床上，一宿没睡。

其实，那天母亲把我哄回屋后，她并没有睡觉，而是挨家挨户地去找，甚至包括整个胡同的房客家她都去问过了。

衣服并没有找到，那年年前，母亲又给我买了一身，这一次是她主动买的。

就在母亲刚给我买回新衣服的不几天，我看见冯二弄了一个大大的纸箱子，准备往老家寄东西。在我问他的时候，他的目光总是躲躲闪闪的。我似乎明白了些什么。

那时房客家的屋门都是木质的，只有我家是防盗门。有一次母亲出去时准备锁门，发现钥匙不见了。屋里、院子里，犄角旮旯都找了，就是没有。母亲仔细回忆最后一次看见钥匙的时间，是在刚才回家开门后，此后就再也没印象了。难道是开门的时候忘记拔了？她问了在家的所有房客，都说没见着，冯二的女朋友也说没见着。

当母亲再次出来寻找的时候，冯二回来了。母亲一眼就发现钥匙躺在楼梯口，一副被人冤枉的感觉。她捡起来，看了看钥匙，又看了看冯二。

晚上，母亲对回来的父亲说："宗利，明天把防盗门上的锁换了吧，我总觉得有些蹊跷，不然出门不放心。"那晚，母亲把里间的屋门反插了插销。

第二年春天一个周末的上午，我从冯二屋里练完吉他，刚下楼，来了几位穿公安制服的人。其中的一人问我："这里哪家是房东？"

"我就是。"

"你家有房客姓冯吗？叫冯二，东北的。"

"有啊，在楼上。"

"他在吗？"

"在。"

“你帮我们把他屋门敲开，我们是警察，找他了解点情况。”

“哦，那我怎么说呢？”

“不用说话，敲开门就行了。”

我蹑手蹑脚地走到冯二的屋门前，几个警察在门的一边守候着。

“梆、梆、梆”，当我的手敲击到门上的时候，感觉声音比平时大了许多。

“谁啊？”屋里冯二问道。

“我。”

冯二一听是我的声音，直接把门打开了。“忘了东西……”

还没等他说完这句话，就被警察摁倒在地拷上了手铐。经过警察的一番搜查，从褥子和床板中间就发现了十好几本存折，还有很多别人的身份证和传呼机，还有很多现金。

这突如其来的一刻，一下让我明白了很多事情。可是，为什么呢？

姜保本和桂花

住在楼上西屋的叫姜保本，原先是个菜贩子。

搬来的时候是夏天，他老婆桂花用三轮车把家里的东西拉了来，同时坐在上面的还有他和他们的儿子。桂花又黑又胖，扎着马尾辫，快言快语，干活不惜力气。姜保本特别瘦，说起话来女人腔调，做事也是不紧不慢。他们两个人的结合，给人感觉阴盛阳衰。反倒是他们三岁的儿子姜天赐，长得秀气又匀称，还很懂事，凡是能干得了的事情，只要支使他，他都干。

有一次，我看见姜保本让天赐去扔垃圾，可能是攒了好几天，垃圾比较多，看样子很沉。天赐拎了拎盛垃圾的塑料袋，没拎动。他干脆背过身，拖拽着走。塑料袋哪能承受得了与水泥地面这么直接地亲近，楼梯才下了一半，就磨出了一个大洞，垃圾撒了一路，到了垃圾堆，就只剩下塑料袋了。

姜保本干买卖就如他的名字，到最后总是不赔不赚。过日子没有富余肯定是不行的，时间久了，连本都得搭进去，这是桂花跟我们说的。之所以从别处搬到这里，就是要重新开始，桂花出去贩菜，姜保本负责料理家务。

自从他们搬来后，就很少见到桂花了。一开始，我经常会在凌晨三四点钟的时候听见三轮车的声音：大铁门被打开后，是三轮车从院里出去的声音，然后就是关大铁门。到了晚上九十点钟，我又会听到大铁门响，而后是三轮车在从外面被使劲儿拽进院子里，有时还会听到自行车歪倒了，一辆、两辆……最后，又会听到关门和锁门声。

习惯成自然，时间一长，开关门的声音我似乎就听不到了。

桂花在外赚钱养家，姜保本则在家洗衣、做饭、看孩子，俨然一位家庭妇男。他早上买早点都是多买两份，中午再吃，晚饭下个面条或是买几个烧饼凑合。天赐跟着他，日子基本天天都是这样过。打牌是姜保本每天必干的事情，时间一久，什么炸金花、麻将，天赐也都跟着看懂了。

那时家里住的房客较多，有的白天在家闲着没事，就经常凑在一起打牌。打牌都得排号，自带凳子，来晚了就只有看的份了，每次都是姜保本第一个出来占位置。有一次他在炸金花，由于尿急要去厕所，他就把天赐叫过来替他一把，结果那一把牌是三个A，赢了钱，姜保本高兴得晚上买了两只烧鸡。

有一次打牌他特别背，就是不上牌。他把天赐叫过来，想换换手气，本以为“换手如换刀”，结果一连十几把牌又输了好几十。

他生气地对天赐嚷道：“去去去，一边玩去，害得老子又输了好几只烧鸡。中午没饭了，吃早晨剩的吧。”那天的牌局一直持续到下午四点多才散场，姜保本伸了伸懒腰说道：“不孬，没输没赢，

强保本。”

有人说道：“嗯，下午你上点了，要是再来，保准赢。”

姜保本说道：“你这伙人太贼了，看见俺来点了，都不来了。以后可不跟你们玩儿了。”

说着话，姜保本打开了自家的房门，他发现天赐不在，桌子上放着一块咬了一半儿的烧饼。他这才意识到从中午到现在已经过去四个小时了，天赐去哪儿？他边喊边往外跑。

不一会儿，天赐哭着和他一起回来了。原来，天赐中午饿了，到了下午两点多就跑去了一家包子铺。天赐经常来买包子，老板认识他，看见他又来了，就准备给他装，天赐说没拿钱。老板就拿了几个说这几个不要钱了，结果他坐在凳子上吃完就睡着了，好心的老板把他抱到了床上。

姜保本心急火燎地在马路上喊着天赐的名字，老板喊住了他。

他揪着天赐的耳朵就是两脚，这才有了天赐哭着回到家的一幕。

秋日的风从远方吹过来，就像是朝平静的湖面掷下一块石子，荡起层层涟漪。桂花起早贪黑地忙活了一个夏天，心里也涌动着一条温暖的河流。

桂花再能干，毕竟是女人，远没有男人有力气。她凌晨出去贩菜，由于菜多且重，一个人根本搬不动。一起贩菜的有很多人，其中就有一个男的经常帮她抬抬搬搬的。这个男人四十多，一直单身，住在我们村北头。时间久了，二人也就无话不拉了。从家长里短，到儿女情长，桂花有时跟这个男人倒倒苦水，倾诉倾诉自己内心的委屈，这个男人似乎非常理解和同情她。后来据姜保本跟我们讲，那个男人每天都在批发市场等桂花，先帮她装满三轮车，再去装自己的车；卖菜几乎也是两个人在同一个菜市场上，有的时候桂花卖不完，男的就主动把桂花剩下的菜拿到自己的三轮车上，过秤后把钱给她。他们俩为了能多一些时间在一起，有时也会去赶五集。

“五集”就是五天一个集市，一般都是在农村或是城郊接合部，像八里洼就是农历每月逢三、八是集；大涧沟集是四、九；十六里河集是一、六。不过十六里河集已经在今年的正月十六休市，被永久性取缔了，这是后话。

世上没有不透风的墙，桂花和那个男人的事情被姜保本知道了。

有一天凌晨，桂花刚走，他就去敲我们屋的门，托我母亲帮他照看一下天赐，说今天他帮桂花去贩菜，明天一早就回来，并留下了买早点的十块钱。

那天早上，我出门上学的时候，看见桂花在屋里收拾衣物。姜保本坐在床沿上，脸上青一块紫一块的，衣服也都被撕烂了。我没敢多看，匆匆地走了。

下午放学回来，我看见姜保本还坐在床沿上，在那发呆。

徐进财

徐进财搬来之前，是一家酒店的老板。之所以从老板一下变为租房的房客，是因为酒店赔了钱。

他来的时候，骑一辆崭新的三轮车，住在一楼的东北屋，屋门朝外，由防盗门把守。那时院子小，到了晚上，他的三轮车就用大铁链子锁在防盗门上。

据他跟我讲，之前他在财政学院附近经营一家酒店，房租每年八万，厨房配有三名厨师——他和另外两个请来的、还有两位顺菜工、一位收银员、六位服务员、洗碗工等等。他还说，装修花了十几万，再加上桌椅板凳、锅碗瓢盆等等，扔进去三十多万。这些钱是家里父母卖粮食、从亲戚朋友那里借的，还有这几年他干厨师存的。由于周围固定的小吃店较多，加之流动的一些小吃摊，学生们大都选择便宜方便的小摊，偶尔聚会才会去酒店弄一桌。酒店干了一年，连房租钱都没挣出来，更别说工人工资了。他说，在就要倒闭的那几天里，头发忽地白了一半。当时想死的心都有了。

又一想，不能让这一件事就打垮了，留得青山在不怕没柴烧。他变卖设备和家当，发了工人工资，只身打包走人，一核算，自己赔了二十多万。他说，当一条路走不通的时候，就必须要选择另一条路。

其实在干酒店的时候，他就发现，在他门口卖水果的摊贩忙得不亦乐乎。都是百元大钞进腰包，小钱、钢镚找出去。一个下午，一车水果基本全部卖光。他试着打听过。

“你这苹果多少钱？”

“一块钱一斤。”水果商贩回道。

徐进财觉得一块钱批发也进不来货啊，怎么能陪着本赚吆喝呢？“给我来五斤。”

“哟，给你可不能算一块，得一块五。”

“你不是说一块吗？”

“那是给大学生的价。”商贩眯着眼睛，左右看了看，小声说：“你是这个酒店的老板吧，我跟你说实话，我这是七两秤。”

徐进财瞬间顿悟了！哦，原来是从秤上捣的鬼啊！看似价格低于市场价，在秤上一动手脚，实际价格已经超了。而这些大学生只图商贩的卖价，却忽略了斤两。

所以，徐进财在酒店转让后的第二天，就立马买了一辆三轮车和电子秤，也贩卖起水果来了。在他去买电子秤的时候，故意让老板把秤给调成了八两。

一开始他没经验也不敢进货太多，就少进了些。果不其然，一天下来，净挣两百多。他开始后悔当初不该开酒店，觉得要是早干这个，也不至于欠一屁股债，甚至早就发了。

聪明人一学就会，轻车熟路后，他撑起了一个大摊位，还雇了两个人，后来，他的亲戚也来了。再后来，他直接就控起了这条街。

外人一律不准在这条街上摆摊，凡是不听劝告的摊主，保准一会儿就会有人过去捣乱，甚至有时也会大打出手。

这条街简直就成了他日进斗金的摇钱树，钱财哗哗地就进了他的腰包。他白天在家休息，只有傍晚才到摊位上把钱敛敛。后来，他的胆子越来越大，把秤全部调成了半斤。偶尔也会有学生找来，他就会说看错了，再给他们加上，但像这样找回来的实在是太少了。我纳闷的是这些大学生就真的不知道其中的猫腻吗？

他说有一次，中秋节班级里搞茶话晚会。班干部们拿班费出来买些水果和饮料之类的，橘子成箱的买，香蕉、苹果、西瓜……

其中西瓜要了四个，过秤后居然一百多斤。

学生问："这四个西瓜有一百多斤？有这么重吗？"

他不假思索地说道："现在西瓜水分大，所以沉，我能坑你们吗？都是老主顾了。"他笑着给他的雇员使了个眼色，雇员赶紧把西瓜从秤上抱下来装进了塑料袋里。

那些大学生居然信了，说笑着再挑选其他水果。

事后，见到那些到他摊位上买水果的班干部，他都会主动再送一个西瓜或其他东西给他们，并说："这是单独送给你的，别跟别人说。"那些班干部也都欣然接受了。

一年一度的新生入校又到了，他说："就盼着九月份的到来，又该发财了。"

这个生意他持续干了两年，买了房子和汽车，生了四个孩子，我还去他的新家看过。

前几年，我在夜市上看见了一个熟悉的身影，徐进财站在一辆三轮车前，左胳膊下夹着一根拐杖，两只手小心翼翼地拿着杆秤在给大学生们称着水果。

余 建

余建是我的校友，同时也是校足球队的队友。说起他来，还真有些戏剧性。

余建来我家租房子是后来的事了。他身高一米七八左右，身材匀称，深褐色的眸子清澈明亮，其中却又藏匿着男孩少有的不羁，长长的睫毛却像女孩，他的鼻梁坚挺，透露着倔强的个性。

那年我上中专二年级，他比我矮一级，当时我们彼此还不认识。那时候学校里流行踢足球，学校里唯一一个足球场地是谁去得早谁先用。所以，往往是一下课就有人先去占场地了。

有一次，我们去得晚，余建的班级正在与其他班级踢着比赛呢。我们等了足足四十多分钟，好不容易等他们踢完了半场比赛，我过去跟他们队长说：“你们先歇半小时，让我们也踢一会儿。”那队长不同意。当时我在学校里可以说混得也可以，一年级的新生这么不客气地跟我说话，我有些急了，不由分说地就招呼我的队友进场。

公用电话

结果就在我招呼的时候，一个人从远处跑过来飞身踹了我一脚。我哪吃过这亏，转身就去追他。我当时是校田径队的短跑冠军，以我的速度，自认为追上他没问题。结果，我错了。

那天踢完球，班上的同学非要去宿舍揍那个踹我的人。说实话，当时我的确很生气，也想揍他，可现在也没多大气了，那天晚上我制止了班上的同学，说明天去他班里找他就行。主要是我不想把事情闹大，因为我当时是班长。到了第二天，我们几个人去找他的时候，他的同学说今天人没来，同宿舍的人说，昨天下午就走了。我们接连去找了十几天，始终不见其踪，只闹明白了他叫余建。

再次见到余建，我已经上中专三年级了，是在一次校足球队的比赛中。他是被校足球队教练选去的。那天踢完球，他就过来跟我道歉。说去年他踹完我后，回去一打听就后悔了，由于害怕我去报复，就休学了一年。我问他打听到什么了？他说："我打听到，你们班太厉害了，就连咱学校'十三太保'他们收保护费都绕着你们宿舍走，我就害怕了。"

我拍着他的肩膀哈哈大笑起来："哪有这么严重，再说那时候我也没想怎么着你，是你想多了。行了，都过去了。"

他"嗯"着，我们一起走向了球场。他的体能和球技非常好。全场飞奔，跑动积极，中场组织，视野开阔，经常能给我送出助攻，那时由于我速度快，教练安排我踢前锋。我们俩一个中场、一个前锋配合相当默契。

在一次与其他学校比赛的过程中，对方获得一个角球，他回去防守。对方开出角球，落到他的脚下，他利用自己娴熟的盘带技术，甩开了四名防守球员，在中场附近，一个直塞球，直接传了个对方后卫的身后，我利用速度，摆脱了一名防守队员后，在另一名防守队员和守门员中间直接蹿了过去，打了个空门。每每想起这个进球，我依然会在梦中笑醒。

上中专三年级的时候，我就基本不住宿舍了。由于学校离家不远，我就在屋里放了两台电视机和两个PS游戏机，开了家游戏厅。那时候父母不经常回来，家里就我和我的一个小兄弟。有了这个游戏厅，来找我的人就更多了，为了联系方便，二〇〇一年夏天，我买了一部二手手机，带天线的，打、接都是四毛钱一分钟。

余建有时候和他女朋友过来玩PS，只要来，大多数时间都玩通宵，累了就躺在椅子上。余建提出要在我家租一间房子和女朋友一起住。我给他找了一间偏门、比较隐蔽的房间。

那段时间，一放学他俩就坐公交车早早地回来，把门从里面反锁了，谁叫也不开。

有一次学校放假三天，有的学生就准备回家了。余建找到我说道："强哥，求你件事。"说着从包里拿出来一把锁，"你帮我在外面把门锁上，同学要是来找我，你就说我回家了，我叫你的时候你再给我开开。"

那三天，他们俩人都没出来过，吃喝拉撒睡全在屋里。有几次我试探性地敲过他们的屋门，他的反应都让我很放心。第三天，当他叫我给他开门的时候，天色已经很晚了。开门的瞬间，一股浊气把我直接顶出去了很远。

放假回校后，校队组织了一场友谊赛，踢中场组织的他，在球场上没有了生龙活虎的感觉，只几个来回，就累得气喘吁吁了。

故事到这里似乎是写完了，其实还在继续发生着。窗外的雨还在下着，落在窗上的摔了个粉碎，落在水里的悄无声息，成了海。

第二卷

随心所欲

回首一大片荒芜和将要荒芜的岁月，我顿悟了，不能留下遗憾，当然也没有什么好欣喜的。我知道，所有的人都是宇宙中一粒小小的、微不足道的尘埃，有的被记住了，有的则被遗忘了。所以更多的时候，我是不会违背自己意愿的。

心中的雪

树叶悄无声息地将秋带走，雪真真切切地带来了冬。秋季予人以成熟之美，而冬季却给人一种缥缈的幻觉，一切都是那样的静谧。感觉这冬比秋美得更自然、静得更悠然了。

雪花飘落，就真正意味着冬天的来临，这是一年中最后的季节。今年的第一场雪来得似乎早了些，雪花自由地舞着，它在飘满天空的同时，也装扮着整个大地。

雪把阳光洗礼得光亮
雪疗好了霾殇
雪让一切变得缩手缩脚
雪让一切忽略它的人遍体鳞伤

雪落在哪里，哪里就会留下印迹。你看，一粒尘埃上有雪，尘埃就被定格了；一棵树上有雪，树枝就被压弯了；青石板上有雪，喜鹊走过后留下了深深的脚印；一座冒着炊烟的房子上有雪，烟囱上的黑洞分外分明；一座山上有雪，石头被塑造得更加坚硬；大地上有雪，麦苗高枕无忧地睡着了，等待着春来叫醒；云层深处有雪，那是洒向人间的希望之源。

雪是会凝望的。这种凝望就像是一个守候、一种誓言、一份信念、一生的坚持。

雪落到山上，别有一番景致。看，城南的山峦早已被雪覆盖，群山就愈发显得宽阔了。

儿时，父亲经常带我去爬城南的山，尤其是雪后。那时候，只知道只要雪后来爬山，就会买新衣和鞭炮，过不了多久，就有压岁钱了。岁月在这些山里流淌了三十多年，直到现在，雪后爬山的习惯我依然坚持，只是子又有子，变成了祖孙三代。

南山曾经招摇着我的希望。这希望是那么远又那么的近，近在咫尺，却又远在天涯。懵懂的爱情从那里开始，也在那里陨落。滑落的眼泪如夜空里陨落的流星，只是这流星变成了雨的模式。而这爱情就像一枚青涩的苹果，咬过方知滋味；刻意想要的，未必会有所得。

时至今日，我再次站在山顶，极目远眺。大声地呼喊却未曾听到回音，不知道这回音是在雪地里睡着了，还是沉没于山间了。我宁愿相信她睡着了，或许有一天还会醒来。

好多不可思议、不可理喻的往事都辗转在了岁月的车轮里。雪落成泥，碾作尘，唯有这南部山区，让我在记忆里翻转、搅拌。

时间毫不吝啬地打磨着岁月，一秒一秒。又是一年的第一场雪，“忽如一夜春风来，千树万树梨花开”。雪后的山上山下，松柏、五角枫、银杏、黄栌、白杨都披上了一层银装，犹如春天里的梨花，次第开放，这或许是梨花的前世今生吧。

冬日的阳光打在雪上似乎也是懒洋洋的，没有夏日的强烈。晶莹的雪反射着阳光，刺得眼睛不敢直视，我眯起眼，雪的影子好像受到了惊吓一般，立即躲藏进了雪的体内，我似乎也失去了方向。在南山脚下，我显得如此渺小。

突然，灵光一现，我就变成了雪。俯视着寻找那悲悯的爱情，但她拒绝和我同行，拒绝和我一起变成雪。我仿佛看见十几年前那个在这里消失的背影以及消失的灵魂。一对情侣把我包围起来，我再次在空中飞舞着，而这飞舞却是有方向的。

不知不觉中时光早已散落一地，我甚至都未来得及去捡拾，就老去了。我愿意老去在这南山里，因为它能容纳我，它懂我。

义　义

时隔十六年后，我再次来到这里。不知道你是否责怪我不来看你，是否责怪我冷落了你，是否觉得我忘记你了呢？

十六年前的今天，我们兄弟四人一起来到这里。游泳、嬉戏、打闹，玩得不亦乐乎。然而，几个小时后，我们却阴阳两隔了！

当年的事终生不忘。暑假的一天，大人们下棋，我们兄弟四人在表哥家无事可做，就商议找个不花钱的地方游泳，目的地就定在了城东的浆水泉。乘车来到浆水泉边，我们被这碧波荡漾的湖水迷住了。草草吃过午饭，花四块钱租了一个拖拉机内胎当救生圈，两个弟弟在救生圈里，我和表哥在外面扶着，从湖东岸游到了西岸。然后，我们分成两组，大哥和老三一组，我和老四义义一组，每组玩救生圈一小时。那天义义跟我聊了很多，说父母都忙，住在姥爷姥娘这里，姥爷一点儿也不喜欢他，他觉得自己就像一个多余的人。我说，你比我好些，爷爷最不喜欢的是我，其次才是你呀。

时间过得飞快，四人玩得不亦乐乎。还在意犹未尽的时候，表哥在不远处招呼我俩要走了，我回应着就和义义一前一后顺着岸边朝表哥走去。“这里有两条大鱼。”义义突然惊讶地对我说。“哪有什么大鱼，都来一天了，也没看见鱼。”我说着，弯腰捡起一小块石头向义义指着的地方投去。“哥哥！”当我再回过头来，看到的却是义义跌落在我刚才扔石头的地方。现在回想起来，有些不可思议，我和义义待的地方距离岸边也就有两米远，他怎么会掉到那么远的位置呢？

看到义义落水，我条件反射般地跳了下去。就在我抓住他的时候，他突然死死地抱住了我，像抓住了救命稻草。我动弹不得，也无法挣脱。我俩扑腾了几下，我感觉脚下一阵乍凉，好像有什么东西在张着大嘴吸我们。我的脑海里瞬间闪过一个念头：今天要死在这里了！我的父母该如何是好啊！我俩继续往下沉，我睁开眼，四周一片漆黑，只能看到眼前的义义。我想，当时他也能看到我。这时义义突然松开了手，我感觉像离弦的箭一样，两只手扒着崖壁上的岩石，蹭蹭几下就露出了水面。我再往水里看，义义的头顶也露在水面上，我赶紧脚一蹬，顺着惯性冲过去，马上就要靠近他时，伸手再去抓，却再也抓不着了！

不知道我是怎样爬到岸上的。我大声呼喊着：“救命啊，救命啊！快来人啊，救命啊！”表哥疯一样地朝我们这边跑来。当我将仅有的一丝气力从喉咙里涌出后，仰面躺在青石板上，看到一束强烈的阳光刺穿了厚厚的云层，直插我的心脏，整个人僵死了一般。几个在此游泳的人闻声赶来，他们一个接一个地下水打捞，都无功而返。有人说叫专业的打捞队，也有人说赶紧叫家里的大人抓紧过来……表哥飞快地跑到大门外的公用电话亭，往家里打电话。漫长的等待，像是一个轮回。

最早赶来的是父亲他们。父亲见了我们，没有说话。母亲让我藏起来，我不知道为什么。我躲在一块大石头后面，眼睛望着水面。专业打捞队在商讨好价格后，打捞了四十多分钟一无所获。岸上一位上了年纪的老人对父亲说："买几刀纸，点点香，烟酒点心之类的，上上贡。之前，也有个小孩，捞了七天都没捞着，也是摆了贡才捞着的！"父亲赶紧打发人去附近的商店买。这期间，开出租车的四姑急匆匆地赶来了，一下车整了整衣服哭着喊着往岸边跑，边跑边喊："小强怎么死了呢，这么好的孩子怎么就死了呢？"父亲点上香，焚了纸，烟酒点心一摆，打捞队那边没一会儿就喊话了，捞着了。一听捞着了，我立刻跑了过去。四姑看见我，愣了："小强，你这不是没事吗？义义呢？义义呢？"四姑话没落地，义义被铁钩钩了上来。四姑抬头一看，瞬间就瘫软在了地上，嘴里念叨着："俺那孩子啊，俺那孩子啊。"她爬向义义，衣服被尖锐的岩石棱角划破了，撕心裂肺的喊叫声震破了天上厚厚的云层。夕阳射在西侧的山上，整座山压在了所有人的心头。

120 急救车早早地停在了桥上。大夫紧急施救，义义已经没有了生命迹象。施救过程中，在义义的嘴里，大夫抠出了还未消化的一口烧饼和一片榨菜，这就是义义吃的最后一顿饭。大夫问："是否还去医院再抢救一下，或许还有一线生机。若不抢救，我们就直接拉到太平间了。"当我听到"太平间"这三个字的时候，我还不能相信义义就这样死了，看着义义，他在我的眼睛里分明还在动啊。大人们都同意再去抢救，就算是再给自己片刻的慰藉罢了。从溺水到打捞上来，已经过去了两个多小时。

大夫的努力没能带来希望，全家人都沉浸在悲痛之中。这种悲痛，一直在挤压着我，它沉积在我身体的某个部位，等待着爆发。义义被埋在了他的老家西沙，入了老赵家的老林地，还娶了阴亲。算是完成了短暂一生的最后一程。

后来，我当兵的时候梦到过义义。我们在老三家打牌，他突然进来了，我急忙问：“你去哪里了，这么久都不回来，不想我们吗？”义义说：“我想你们啊，我被一家两口子给留下了，他们不让我回来，说是让拿钱赎。”我说：“多少钱？”义义说：“三万。”醒后，我突然想到了义义曾经看到的那两条大鱼，我给父亲打电话告知了这个梦，父亲说义义在那边缺钱花了，过几天就去给他送。

这些年，我拒绝过很多朋友到浆水泉游玩的邀请。这次由于工作原因来到这里，再次望向义义落水的地方，我的脚似乎踩在了一层枯草里，我听到了它们骨骼的断裂声。我向水里扔下一块石头，瞬间就被湖水吞噬，之后是一片沉寂。我浑身裹着冰冷钻进了车里，带着永久的疼痛逃走了。

十六年，义义应该二十九岁了。在后视镜里我看到，一棵当年小小的合欢树，在东岸，已是亭亭如盖矣。

丑陋的麻将局

麻将曾经伴我走过了几年的光阴，虽赢多输少，但我对它还是憎恶有加。

当兵回来那年，我在一位长辈的酒店里帮忙，认识了玉兰，闲暇之余就在酒店的棋牌室里伺候局，偶尔在三缺一的时候凑凑手。那时我不会玩儿，就只是凑人数而已，输赢都不算。不长时间我就慢慢地学会了打麻将，且越打越好。后来打到别人都不跟我打了，有时偶尔在路上碰见牌友，他们都要夸赞几句："你这麻将打得太好了，我都不敢跟你玩了！"其实在家人的思维模式里，我就是个活脱脱的赌徒，尤其是给我的儿子留了个"爸爸打麻将去了"的口头禅。

后来，有幸认识了著名作家李炳锋先生，他就像一个大马力的拖拉机拽着我走上了文学之路，从此，我爱上了文学，麻将就基本绝缘了。

我因文学而脱胎换骨，因文学而改变了人生的坐标，因文学而改变了家族的轨迹。文学使我有了方向，使我有了前进的动力，使我分清了是非、善恶、美丑！

话说前言，玉兰在与她那些牌友打麻将的过程中，输了不少钱，还向我借过一万四，后来只还了一万，剩下的钱就再没提及。后来因为拆迁等原因，酒店关了门。随后她在一条比较繁华的路上租了两层楼房，用来开棋牌室，偶尔我也会去帮帮忙。

来棋牌室的人三教九流，但这就像阿庆嫂开茶馆，来的都是客，不能得罪。有几个人天天到这里打麻将，很快就和玉兰熟识起来。开棋牌室有个讲究，就是老板不能参与，“人不够，老板凑”的行规只限于凑人数，但不可以动钱。她恰恰犯了这大忌。

有天晚上，那几个人打到了凌晨十二点，有一人要走，就喊道：“老板，我要走了，过来凑一局吧，她们要玩儿通宵。”后来据她回忆说，那天晚上迷迷糊糊的，手气背到了家，一把牌都没和，打了这么多年的麻将，这是头一回。这一晚她输了四万。

往后的日子里，陆陆续续她又输了四万多。一日，其中一个打牌的女人说道：“大姐，俺们看你挺实在的，实在是不忍心再让你输下去了，给你说实话吧……”

玉兰如梦初醒，怪不得和她们打牌一次都没赢过，原来她们有诈啊。对，十赌九诈，电视上演的其实就是现实中的写照。打麻将要是三个拐一个，那么，那个人就必输无疑了。麻将局要是三个人或两个人兑码子，基本不会输。

“兑码子”，有说话兑的，有手上兑的。说话兑：比如说今天早上吃了两根油条，没吃饱，现在有点饿了。不知道的人肯定以为早上没吃饱饭，现在撑不住了。假如是同伙，他就听出来了，这是要“二条”。再比如，昨天早上做了个煎饼果子，放了四个鸡蛋，真过瘾。这就是要“四饼”，鸡蛋是圆的嘛。手上兑：右手攥起来代表“饼”，竖起手指代表“条”，张开手放在桌子上代表“万”。左手大拇指放在食指的指甲盖上代表“一”，中指代表“四”，无名指代表“七”；大拇指放在食指外侧的第一节代表“二”，第二节代表“五”，末节代表“八”；大拇指放在食指的第二关节代表“三”，放在中指第二关节代表“六”，放在无名指第二关节代表“九”；一般无名指这个位置不好放，就直接把大拇指挑起来，这就代表“九”。

后来，玉兰就跟她们同流合污了，或许，是挡不住诱惑吧！

有一次，玉兰打电话让我过去帮个忙，其实就是预谋做一个麻将局，我同意了。

这一天的中午，车内的空调也难以抵挡闷热的天气，阳光炙烤着大地，却照不到见不得光的霉菌。“刘姐，这么巧啊，在这里碰上你了，这是干什么去？”我主动上前搭话。“你是？”刘姐疑惑地问着。“你忘了，上次在棋牌室打过牌，我还输给你钱了呢！”“哦哦，有点印象了。”刘姐皱着眉点着头勉强回答着。一旁的她们附和着：“哟，姐姐，这是从哪认识的弟弟啊，这么精神，可别独吞啊！”她们都大笑着，这种笑，就像一只只满口獠牙的狼，准备吞食这将要捕获的猎物。我接着说道：“既然碰上俺刘姐了，今天中午我请客，刘姐的朋友就是我的朋友。”

一切都是按计划进行的，午饭吃得很简单，只用了十几分钟，她们就开始准备行动了。刘姐说：“我昨天在银行预约了一百万，今天下午得去取，明天得发工资。”有个人说道：“让这个弟弟陪你去取钱，俺们去棋牌室等着就是了。”我陪着这位所谓的刘姐去银行取了一百万，这钱很重，我从未拎过这么多钱。来到刘姐家，她拿出十沓，把剩下的放在了床下。从十沓里拿出一沓来，顺手就甩给了我："给你了弟弟，我这里放不开了。"我有些受宠若惊，不知所措。

我俩来到事先约好的棋牌室，她们早已迫不及待了，催促道："干什么去了你俩，这么长时间，就是……""排队排队哩，银行人多，不信你问问俺弟弟。"我赶忙点头说是。

坐下开始打牌，其实那个时候我还不懂"兑码子"的技巧，于是我后面就坐了个指挥的，她让我怎么打我就怎么打。有一把牌，我和"白板"，已经出了一个，后面那人非要我明开，明开和了牌就得翻翻。我说不行，明开就和不了了，她说听她的，保准能自摸。我刚刚明开，没过两圈，居然自摸了。那一把就赢了六七千。迷迷糊糊的，一下午我赢了四五万。那个刘姐，我真不知道该怎样形容她了，干南水北调工程的，非常有钱，就是爱打牌，输多少都无所谓，但是让她花二百块钱请客吃饭，她肯定不会请。她们在里面偷牌、换牌、兑码子吃牌，刘姐就开抽屉、拿钱、关抽屉，再开抽屉、再拿钱……

就这样，一直打到晚上，刘姐的钱还剩下一沓。她们相互使了个眼色，今晚就收了手。在回来的车上，她们开始算账。一共赢了九万，怎么就只有八万呢。我说："她还给了我一万。"其中一个说，拿出来吧，一起算。

最后玉兰对我说："一般我们找做局的人都是给一千，我给你两千吧，下次我再叫你。"

后来，她们又叫过我，我没答应。我不想留给家人一种丑陋的印象，更不想给孩子留下那句口头禅。

现在，孩子的成绩直线上升，连续两年被评为"三好学生"。

孟洛川

秋日的早晨有些清冷，太阳揉了揉蒙眬的眼睛，刚要打个哈欠，就被一层云雾托了起来。

我们一行人乘车来到位于刁镇的孟洛川故居。之前有所了解，“南有胡雪岩，北有孟洛川”，他们都是晚清时期名满天下的商人。胡是金融资本家，而孟则属于商业资本家。就经营而言，后者显然要比前者高明一些。

君子务本，本立而道生；财自道生，利缘义取。这是孟洛川的经商之道，也是他成为一代巨商的根本原因。有舍有得，这在他的良心尺上体现得淋漓尽致。胡雪岩辉煌一时，然而其兴也勃，其亡也忽，他的阜康连锁钱号最终烟消云散。造成失败的原因肯定很多，其中最重要的一条恐怕与缺少道的引导、义的支撑有莫大关系。而孟洛川高就高在他深知：利，义之和也。大凡天下之学问，皆离不开道与术：道是河，术是舟，道是舵，术是桨，无河无以载舟，无桨无以渡河，无舵则无方向，无桨则无动力。正所谓，道是方向，术是方法，道是法则，术是谋略。他正是用儒家思想、哲学和道德诠释了经商之根本。

起初，对孟洛川的认识只是表面上的，当真正踏入孟洛川纪念馆的一刹那，我被眼前的一切震撼了。每一个展室无不弥漫着他的气息，他俯视着所有的一切，哪怕是每一个人的表情、每一个赞叹，他应该都能看得到吧。这是孟氏后人对他敬仰最好的诠释吧，他就是孟氏家族精神上的支柱，同时也是旧军人的骄傲。所有的数据只能代表过去的辉煌，谁的心里也记不清那些辉煌的过去，而“孟洛川”三个字却深深地烙印在每一个人的心中，成为传奇。人活到几岁算长呢？留下的也就只有精神了。

孟洛川从小顽皮，不喜欢读书，但他却应验了古人的一句“天生我才必有用”，他天生就是经商的料。经商要有天赋，从小他就表现出了与年龄不相称的对事物的洞察力、前瞻性和敏锐的商业嗅觉。

孟氏祖先原为耕织世家，勤劳节俭、朴实厚道，注重积累、吃苦耐劳是世代相传的家风，这种先天的家族特质为其后天发展奠定了超强的根基。孟氏祖先通过长时间的苦心经营，由耕织之家变为耕读之家，上升到新的社会层次。后来经商，从起初的摆摊设点，游走外地赶集市、庙会推销寨子布，慢慢完成了原始积累。至清乾隆年间，在省城济南创建了布店，从此，由行商变为坐贾。“祥字号”由此创立。

孟洛川继承了孟氏族人的经商理念，把“祥字号”又一步步发展壮大，最终成为中国近代富甲，名贯华夏的宏商巨贾。

他一把“良心尺”，也叫“有字尺”。先予而后取的大智慧无

人能及；心中的那把“无字尺”才是度量天下的大尺。有与无的道理也在于此。有字尺立的是规矩，无字尺讲究的是习惯。他还有一杆秤，秤叫“权”，砣叫“衡”，权衡之道由此而来，孟洛川就懂得权衡之道。秤上的星星叫“定盘星”，也叫“准星”。原先十六钱等于一两，十六两等于一斤。十六颗准星，前七颗叫“北斗七星”，告诫人们心中要有方向，不要贪恋钱财。接着六颗，表示东南西北上下六方，告诫大家要心居中正，不可偏斜。最后三颗，代表“福禄寿”，你给别人称东西，要是亏一两，就是折寿，亏二两，就是少禄，要是亏了三两，就是损福。孟洛川讲究，秤虽小，可以秤人心。称不仅仅是称东西，称的更是良心、自己的道德品德。

当我们还沉浸在孟洛川的世界中时，秋阳似乎把胳膊伸得更长了，要把天下万物都搂抱在他温暖的怀抱里。但太阳的胳膊太直，万物纷乱，坑坑洼洼，不免有些掉落下来，跌成各种各样的影子。

孟洛川的影子始终在前行，引领着孟氏家族的兴旺发达。他所到的每一寸土地，印迹虽已湮灭，精神却早已嵌入骨髓。他的爱国情结和境界不亚于任何一个人，捐款、焚布。有一次店铺内失火，所有账单全部付之一炬，而孟洛川的大境界就在于，瑞蚨祥所欠款项如数偿还，所有欠瑞蚨祥款项一笔勾销。

九月的天气确实很好，不知不觉中，时间一路小跑，一天的时间就落在了背后。大家聚聚散散，实际上都在顾忌着眼前的精致和内心的那份敬畏。我知道，回到家，月份牌上的纸页就又被撕去一页，而有些人只觉得终于又熬过了日头癫狂的一天，谁还会去看日历的颜色呢？

堵车杂想

一个人心情不畅的时候，最好的解决方式或许是被无奈地堵在高速公路上。

顺行的车已排成了长长的“羊肉串”，虽不是炙烤的模式，那种煎熬与架在火上也并无二致。对向车道的车一闪而过，那疾驰的风突然堵塞了我的双耳，然后踏过头顶，在车内横扫了一遍，夹带起一张纸币，头也不回地从另一侧车窗逃走了。不知道路上的摄像头能否拍下它的“罪行”。

“羊肉串”缓慢地向前移动着。“人立品为先……”刚看到广告牌子上的第一句话，一个饮料瓶从前方的一辆豪车里飞出来，正好砸到路中央的树梢上。树梢被突如其来的灾难吓了一跳，被砸到的地方似乎受了伤，弯了一下腰后忽的又抬起头来，狠狠地瞪了这不速之客一眼。瓶子被风吹得在地上打着滚，而后一辆车从它的身体上碾轧了过去，它那蓝色的“头颅”随着一声闷响不知了去向。

应急车道上，一辆救援车艰难地向前挪着。有几辆停在应急道上的车不好意思地加塞上路，而后救援车小心地越过了一辆又一辆。前方，或许危险已经发生，心中祈祷不要车毁人亡就好。

救援车过去，所有的车子又恢复了正常速度。就在经过事故地点的时候，我的电话响了，这已经是同一个人一上午打来的第八个电话。此时我厌恶起这铃声，感觉像针一样刺入我的耳膜，同时也刺向路边的杂草里，杂草迅速地逃向了后面，远处的群山猛然向我靠近，仿佛我正从高处坠落，坠向无底的深渊。铃声一直响到没有了力气，我望了手机一眼，它沉默了。不是不讲情面，不过是早把这人看得太过透彻罢了。一年到头根本没有往来，一到过节不是他就是他的朋友有事情，嘴上说得像抹了蜜，“改天一起坐坐”。这个改天就改天了好几年，却从来没坐过，想想也是好笑，涉世渐深，见到了太多跌倒都想捧把土起来的人。

此行的目的地是周村的旱码头。早上九点从济南东上高速，十二点半才到达邹平服务区，不到九十公里的路程走了三个半小时，此时我已饿得发慌。这里连个停车的地方都没有，餐厅门口人山人海，真怀疑我是出来看景还是看人。在车里我搜寻到一枚茶叶蛋，小心地剥开，生怕蛋清会随蛋壳被一起剥掉。我发现蛋清早已被茶叶浸染得发了黄，吃起来也就变了味道。我想，在它变不成鸡的时候，还是好好地做一枚蛋吧。

这个收获的季节，应该是两个人的旅程吧。树林里的斑鸠也只有那只母的在窝里孵化着两条生命；螳螂在吃掉它的另一半后也躲藏起来孕育着下一代；田野里一排排躺着的玉米秸也早已母子分开；而我此时也只是一个人走完这条很短的路。

我把这段文字丢进时光里，让时间慢慢咀嚼吧。

练　摊

一

以前我是颇不喜欢这条横在回家必经之路的夜市的。

下午五点开始（这是夏季，冬季还要早些），零零散散的摊位便像俄罗斯方块一样越排越多，直到凹凸不一地把从东至西四五百米的马路两侧占得密不透隙。街边熙熙攘攘的人群和车辆拥挤得一塌糊涂。刺耳的鸣笛声让心跳加快好多。下班族耽误点时间还好说，倘若有急务在身的救护车和消防车恰在这个时段路过，定是要徒唤奈何。

没曾想，自己的第一笔收入竟是十年前在这条夜市摆摊获得的。那年，刚刚退伍回来的我淘了辆二手三轮车，又去批发了点外国香烟和打火机，就开始了经商的探索。占个地盘儿不容易，本来就已经挤得满满当当的，猛然一脚插进去，免不了和原摊主起纠纷。谁都想得个好一点的地方，既能借到公家的灯光，又能躲开汽车站台，还要避免和货物相似的人连在一起。我煞费口舌，终于在一位菩萨心肠的大姐旁边落定。

有的“老板”看见穿着体面一点或者面目横一点的顾客，就低眉顺眼应和着；看见灰头土脸农民工打扮的人，就把小市民的架子端得足足的，摆出一种爱买不买的霸道。此刻，为了生存，我愿做一只雪狐，把原来脆薄的虚荣心包裹得更严实，把身子放低到尘埃里。凡是来摊前问询的客人，不论贫富贵贱，一律立即起身，毕恭毕敬应答。

第一天回家后，我把可怜的腰包掏空，一张一张数着。包里没有几张大票子，倒是轻巧了不少——我从父母和朋友那里好不容易凑出的零钱几乎被其他商贩换光了。硬币们砸在一起哗啦啦的，像是叽里呱啦在开会，偶尔有的从腿上滑落，在地上转几圈舞蹈后，才恋恋不舍地躺下来。我把报纸铺好，把各种票面的钱都包好，郑重地记下第一笔收入。

起初，见到每一个路过时向自己的摊位望来一眼的人我都立即热情介绍，几乎要拉住人家衣袖，直到把台词全部背诵完毕，直到人家走远。几天下来，持续微笑的肌肉仿佛被注射进了东西，上下左右怎么活动都不自在，一晚上一暖瓶白开水都不够喝，嗓子又干又热又疼。用手电筒对着镜子一照，不禁吓了一跳：那向着深处延伸的喉咙里竟然面对面肿了两个大红桃，在红桃的周围，还零碎布满了大小不一的白色满天星——我无法再大声说话。每逢有咨询的客人，我强咽一口唾液，仿佛从丹田处运气供给嗓子，把原本成套的台词用简单的两三句概括出来。有时看到自己解释半天却迎来对方麻木的表情、冰冷的动作，甚至有些嫌恶的眼神，我就礼貌地点点头，用比蚊子嗡嗡时大不了多少分贝的声音说一句：谢谢，喜欢再回来。心头却有只雀儿的尖嘴不住地啄着。我浑身酸痛，终于发起高烧，直到再也扛不住，只得去医院输液。眼看着商品在手里每天都被来回摆弄得尖角变圆，棱边毛糙，仿佛那根透明的管道输入的是我的泪液，输出的是我的叹息。

这一晚逢雨。太阳刚刚休息，不知从哪里飘来的一片乌云，速度快得几乎没有几分钟便把衣服湿透了，物品还没来得及收拾。先前一直揣摩顾客的心理和急着赶生意，这会儿却和老天打起卦，摆摊人的心思从一种忧郁和矛盾转到了另一种忧郁和矛盾。过路的人群急匆，摆摊的人骚动。几近一半的摊主收拾起东西。剩余的一半中又分成两个阵营：要么踌躇期待，要么坚定固守。

这个说：“卖的时间还不如收拾的时间长，要不再等等吧。”

那个说：“万一一会儿来场大的呢？”

这个说：“就这样白白放弃了吗？家里好几口子指望着每天这块儿八毛的吃饭呢，今天不挣，就是赔了，明天挣两倍也补不回来呀。”

那个接着说：“难道等着来场大的，把东西泡透，全军覆没吗？”

“老天爷爷呀，别下啦，都不容易呀，后半夜下吧，求你啦！”

我看着自己摊位上那龇牙咧嘴，好像委屈得要命的香烟，一股凉气从胸口压挤进肠壁。

此刻，街对面一幢老式的住宅楼上，一位老太太正扒着窗子向下张望，她的身后晕出黄黄的灯光，身体被方方正正的铝合金门窗裁掉了，只剩下一颗脑袋顶着蓬松松的白发和一双毫无表情盯着楼下的眼睛，好像嵌在黄色背景上的一张脸谱，默默打量着这个时而

喧闹时而手足无措的世界。

我喉咙疼得要命，像个逃兵似的以最快的速度把东西收拾好，胡乱丢进三轮车里，顺着人群，溜回家中。那一晚，我几乎没合眼，也没有啥事可想，就是怎么也睡不着。

一只鹰在我脑海中飞翔。鹰是世界上寿命最长的鸟类了，能活七十岁。在它活到四十岁的时候，就会抓不稳猎物，飞行也极为吃力。这时它只有两种选择，一是等死，二是重生。选择重生是一个特别痛苦的过程，接下来的一百五十多天里，它又长又弯的喙要用力击打岩石，直到完全脱落后长出新的。然后，用新喙将指甲一根一根拔出。新指甲长出后，再将羽毛一片一片拔掉，新的羽毛长好后，它又会重新翱翔在蓝天。我的心里始终有一只鹰，尽管眼下没有更辽阔的天空，却时刻没有忘却展开翅膀，清冷高贵，一遍一遍重复着飞翔的动作。

二

接到用工单位的通知后，我再没去摆摊。后来每当路过这条夜市，我都会放慢脚步，认真看一下每一个摊位和它们的老板们。这些摊主啊，不会注意到我的加入或撤离，在他们的世界里，这个几米见方的摊位和腰里的挎包就是他们的一切。这么多年，他们是如何坚持下来的？我不禁心生敬畏。我分外小心翼翼，生怕脚步的声响会影响他们的专注和生意。

前段时间，夜市全部取缔，每逢夜晚，街上像过年放假一般，冷冷清清的。走在空荡的街道上，路面干净了许多，没有了塑料袋，没有了纸板，少了人们逛夜市时随手扔掉的果皮、烟头，只有环卫洒水车忙活得更起劲了。我喃喃地说：人气呢？那一张张笑脸、那一幕幕场景，甚至是讨价还价时的高声都在耳边回荡着。想起当时自己的牢骚，深深痛恨起这份狭隘。他们去哪儿了？去另一个地方摆摊了，有了新的工作场所了，还是自己开店了……

夜市，这个生于北宋东京，在台湾香港一度作为平民生活文化代言的尤物，当年的情景确实壮观，其繁华热闹可想而知，以至于街上车水马龙，摩肩接踵。那时，就是四隅背巷，甚至雪宵雨夜，也是灯火闪耀，能够清楚地听到小贩合辙押韵、声声入耳的叫卖声。在这里最主要的活动便是浏览。此处的东西多半很普通，不会找到名牌货或精致的古董。小吃则是另一个吸引人的部分，各种小食品、快餐，还有奶茶、热饮、冷饮，边吃边逛边买，自有市井生活的烟火惬意。

如今，夜市却因背负了违法占道经营的罪名，宛若一个传奇而忧伤的女子，带着满腹的历史、故事，遗憾地告别了繁华都市，或许，比她更寂寞的，是曾经流连逡巡，把青春和期望投进这里的人们。许多人逛夜市并不是单纯购买和浏览，还有的是想寻个借口和陌生人聊聊天，排解一下苦闷。这些曾经的繁华都在历史烟云中渐渐淡去，一去难返了。

有天夜里十一点多，一辆农用机动三轮车在我家居住的小区门口停下，车上下来的爷俩像做贼一样东瞅瞅，西瞧瞧，见还算安全，儿子才打开后斗，把西瓜露了出来。父亲拿出马扎坐在车旁点起旱烟拼命地吸着。我过去与他攀谈了一会儿，两个人的身上散发着一股酸味，应该好几天没有洗澡了。我想，他们考虑的不是舒服不舒服的问题，而是怎样才能把车上的西瓜卖掉。交谈中老人的一句话深深刺痛了我："你们城里人是生活，我们乡下人得生存啊！"原来，他们的西瓜烂掉了一大半，烂掉的何止是西瓜啊！

这日下班，又逢急雨，七八点钟天已十分阴暗，路旷人稀。我看到一位中年妇女正站在铝合金的推车后面收拾鸭脖。我停下车子，走到她跟前要了一大份。我问她怎么下雨还摆摊呢，她说，孩子考学，多挣点凑学费时就不那么吃力了，没想到临收摊还能有生意。我礼貌地嗯了一声，微笑了一下。她不知道，我早已吃过饭，并不需要这些鸭脖，只是因为忽然想到一个故事：一位母亲靠卖煎饼果子供养家里的两位大学生。母亲不同，爱永远一样。借着昏暗的灯光，我看到她眼部的鱼尾纹和手上粗糙的纹路几成正比，虽然躲在树下，罩着大伞，她的两臂仍然被斜风夹带的雨水打得湿漉漉的，黑色布鞋也将近一半泡在水里。她很专注地为我切着，用了三层塑料袋把切好的鸭脖包好。递过鸭脖时，她笑着说，慢走啊。

雨后初晴总是特别美好。第二天，太阳刚刚升起不久，亮光里带着一抹毛茸茸的金粉色，新鲜的阳光混着凉丝丝的晨风，亲吻在街道上、树木上，摆动着的裙褶上，如同一支素描的笔勾勒着幸福平和的轮廓。一切，一切移动着的风景都犹如简单美好的剪贴画，在透明湿润的空气中，被无形的力量牵动着，熠熠生辉地闪亮着。

都说年龄大了会怀旧，我疑惑自己为何三十几岁的年纪也会怀起旧来，然而不久便释然了：这份浓浓的情结是数千年前便深深扎根在中华民族的血脉里的，何况我呢！

最近有首网路歌曲《听说》火了：“听个工人说，好久没有喝过可乐；听个商人说，今天该吃点啥呢……”——唉，今天我又该说点啥呢！

同　志

想起她还是源于前几日的一位微信朋友。

那天在济微路一家鱼馆吃饭，手机来了一条信息，一昵称“小猫”的附近的人加我为好友，我欣然接受。小猫的个人信息显示是男的，厨师，外地人，二十三岁。自从添加好友后，信息就无休止地飘来，出于礼貌，随便回复了几条，就把手机消息调到了“免打扰”模式，这下让我清净了许多。

第二天，我翻看手机，有几十条是小猫发来的，大概意思是看了我微信里的照片，非常喜欢我，想约我见面等等之类的话。我一下有点懵，难道是故意把头像弄成男的？难道真是美女？难道我去河南云台山抚摸了三下“波浪岩”真的就有了桃花运？还是恶作剧？我回复了信息：

是男是女？

男的。

你是不是弄错了？我也是男的。

我知道，我就喜欢男的。

可我不喜欢。

我喜欢你就行，有时间见个面吗？

……

原来是位“同志”。听朋友说起过这些人，济南的黑虎泉南岸就是男同的集聚地。我从不歧视任何人，但不同的国家由于社会文化习俗和信仰的不同，对这种行为很多是不认同的。但于我而言，这是一种个人行为和私事，两厢情愿，只要不对社会产生危害，那就由他去吧。

我把他拉入黑名单，永久拒绝他加我好友。突然，我想起了十几年前的一位朋友——富佳。与她认识很是偶然，这得回到一九九九年。

那年我上中专二年级，一日发烧，就把自行车放在学校，乘公交车回家。学校与家的距离只有三站地，我乘上66路公交车，找了没人的座位，一头就靠在了窗玻璃上。瞬间，感觉有东西把头硌了一下，我努力睁了一下眼，一张带封套的“学生出入证”夹在玻璃窗的缝隙里，硌我的正是学生证上的卡子。我把学生证往前挪了挪，就又闭上了眼。

随着车厢里传来的“终点站到了……”我发现车厢里就剩了我一人，起身正要下车，被学生证上的照片吸引了一下，顺手把夹在车窗上的学生证放进了随身的书包里。

发烧的身体在药物作用下很快恢复到正常，这就是西药的好处，救急。能让不适的身体在最短的时间内达到最佳。想到这里，我记起了那张学生证：

姓名：李富佳

学校：济南幼师

班级：九八级

……

吸引我的是一寸免冠照片，漂亮这个词对她来说远不够，我无法用文字来形容，那就尽情发挥你们的想象力吧。

第二天，我买来邮票，信纸上写明了我是如何捡到的之类的话，塞入信封，寄了过去。不几天，我去传达室的班级信箱里取班内的报纸和信件。那时，只有班长和团支书才有信箱的钥匙。在厚厚的一摞信件里，第一封就是我的，最后署名“富佳”。这预料之外的回信，让我既兴奋又忐忑。兴奋就不说了，忐忑的是怕时任的女朋友知道了。

我悄悄地跑到教学楼后面打开信。从信中得知她是个大大咧咧的女生，学生证丢了好几回了，住在工人新村附近……后来，我们之间的书信往来多了起来。刚开始的几封信，邮票在信封上不断变换着粘贴方式。再后来为了省钱，干脆不贴邮票了，把地址上下交换一下地方。比如我往外寄信，应该是收信人的地址在上，寄信人的地址在下；假若不粘贴邮票，把收信人的地址写在下面，寄信人的在上，邮递员就会误认为忘记贴邮票了，会把信原封不动地打回寄信人那，信封上只会多出一张告知单：请贴邮票。这样一来，双方就都省了邮票钱，吃亏的自然就是邮局了。

有一天，女朋友问我，认识的朋友里面有没有会舞蹈的。我的心“咚咚”地加快。女朋友说她的中学同学要参加学校里的舞蹈比赛，想找个老师编排一个舞蹈。我的心当即又平静下来，马上答应了。在与富佳往来的信中我早已得知她就是学舞蹈的。

我与富佳联系好后，让女朋友的同学直接与她联系。然而，就是这么简单的事情，却发展得如此复杂。

当我再次听到富佳的消息时，是在女朋友那里。

哎，你知道吗，你的那个朋友是同性恋！

啊！不会吧，你怎么知道的？！

她和我同学班里的一个女生“好”上了，她们都看出来了。你怎么和李富佳认识的？

啊，啊，她是我朋友的同学……

一时间我想不通，这么漂亮的女孩儿怎么会是同性恋呢？我决定找时间一定好好问问。

那是我第一次与她见面。翌日的一个傍晚，我们见面的地点定在了二宫门口。当落日收去了最后一片晚霞，天空显出奇异的光彩，玉玉的，银银的，好像泛着涟漪的波纹，月光慢慢地倾泻在了马路上。

我记着她在电话里与我说的衣着。格子衬衣、青色裤子、一双匡威板鞋。我一眼就认出了她，她那件格子衬衣从那以后就深深地印在了心里。我依然带着我那顶棒球帽，她也认出了我。

你好。

你好。

你是富佳。

是的。

……

富佳长得真是没的说，皮肤白皙、身材匀称，尤其是那一双眼睛，清澈如水深如潭。

那晚都是她一直在说，我只是一个倾听者。

她说：一年前她谈过一个当兵的男朋友。分手后她就开始厌恶男性了，我是她现在唯一一个男性朋友。不知怎的，她现在喜欢女的，但不敢说，怕被别人歧视。

我说：你不怕我歧视你吗？

她说，你不会。她掏出一盒烟，是“双叶”牌的，薄荷味，白色的过滤嘴。火机在受到重压之后燃起火来，随即，在我们俩之间一股烟雾短暂地当了回主角。

后来，我参了军，书信往返了几次就没了消息。在她给我写的最后一封信里我隐约看出，她要去南方比较开放的城市发展，希望那里更多自由、更少羁绊。

探　病

最近，身边的人住院的不少：有的是生病，有的是意外。生病的有突发脑溢血的，也有急性阑尾炎的；没生病的，有的因生子，有的图报销。

如何恰如其分地探望病号让我费了不少心思。不仅要看对方是男是女，是老是幼，家境薄厚的衡量也是一个重要方面。并非我为人势利，而是这几乎成了当今交际必备的礼仪，正是“一死一生，乃知交情。一贫一富，乃知交态。一贵一贱，交情乃见。”

就拿前几日来说，朋友的父亲因小脑萎缩住院。她虽然像个男孩子一样大大咧咧，细微之处还是考虑得比较周到。每次去她家，不论是她有求于我还是我有求于她的事情，她都要留我们吃饭，在她看来，这样才是朋友。因她是少数民族，为了尊重彼此的生活习惯，我们都在外面吃。这次看望她的父亲，自然要带些比较实惠的礼物，除了补品，我又拿出一千元钱聊表心意。她起初怎么也不肯收，说能来看望已是感激不尽，在我的强烈要求下，她暂时收下。谁知第二天，她却找到我的妻子，如数奉还。

几天前，妻子一位闺蜜来电说她的丈夫前两天被捅伤，她很痛苦。考虑到伤者还未度过危险期，我和妻子决定待伤情有所好转后再去探望。这位闺蜜出身干部家庭，父母都在省直部门工作，家境优越——去医院探望带什么礼物呢？补品自然不缺，太过素朴的人家也不稀罕。“买束鲜花吧。”我对妻子说，“精神支持是最合适的。”

本家一位堂叔，未出五服，因脑溢血住院，我自然少不了去探望。于他，最实惠的就是钱，不但要多给，还要在医院里值班伺候。现在都是独生子女，住院也不是一两天的事，堂兄表兄互相帮衬是很自然的事情了。

今后，也许等待我们看望病号的日子还会很多……人们总希望日子越过越好，事情顺风顺水，只是月有阴晴圆缺，遇事都会需要、都恳盼别人伸出温暖的手。细微见真情，爱心不需要轰轰烈烈，也不需要华丽形式，它有自己的表达方式：可以是干渴时的一杯水、寒冷时的一件棉衣、灰心时一句鼓励的话，也可以是一把遮风挡雨的伞。

探望病号是每个人都会遇到的小事，在我看来，探望的不仅是对方的身体和情绪，还有他们的心灵。这犹如一面明镜，反射着人性的细腻和光亮，我们从中不断体会到温情，把内心的情谊和真挚串连成珍珠，令世间更加美好，充满祝福、友爱和感动。

在绿色中感受生命的律动

“这么多年，/ 你一直在我心口幽居，/ 我放下过天地，/ 放下过万物，/ 却从未放下过你。”这是仓央嘉措的诗句。

时间在不管不顾地向前飞奔，多年来，跑马岭一直是我向往的地方，只要一有时间，我便邀约好友一起来这里放飞梦想，与动物们近距离接触。而秉持孔子“先之劳之，无倦”精神的跑马岭工作人员，却很少有人关注，他们与时间赛跑，默默无闻地将野生动物世界做到了最好。跑马岭景区自一九九九年建园，经历十多年的风雨，各方面条件日臻完善。前段时间虽然将大部分动物搬迁至章丘新园区，跑马岭景区从展览展示功能转型为动物繁育中心，从幕前逐步走向幕后，但并没有因此而谢幕，而是向着更高起点的休闲度假中心出发。

步入跑马岭，走在绿树成荫的观光道上，看着留居的动物们在活动场里千姿百态，有的在追逐、有的在咆哮、有的在小憩、有的

2012/05/12

在思量，每一个动作、每一个姿态都是自我的个性张扬。在它们面前，我突然产生了一点儿颓丧：动物们不知道追名逐利，所以才能无所畏惧、我行我素，人类却总是瞻前顾后、有所顾忌，更有甚者把自己精心包装起来，失去了自我。我不忍想下去，顺路而行，倾听着朋友们与秋日的对语．阳光在前面带着路，扫光了地上先行者的脚印。

步行区内，耳边似乎还能传来长臂猿响亮的啼叫声。这些灵长类朋友各自占山为王，若有踏入领地者，紧接着就龇牙咧嘴伺候，发出响彻云霄的啼叫，让人切实体会到当年李白过千重山时的感受，一路猿声相伴，旅途倒也不算寂寞。我最喜爱的当属环尾狐猴了。清代乾隆年间就有著名画家郎世宁先生所画的《交趾果然图》，那就是环尾狐猴。它们很讲卫生，经常相互梳理毛发。主食为树叶、花、果实、昆虫、水果，有时也吃鸟蛋甚至幼鸟。这种猴子得名于其尾部黑白相间的 11-12 条环状花纹，这一特征是其他种类狐猴所没有的。

我正在思索着，儿子看到东面的斑马群，有两只正在交配，接着就问：“爸爸，那只斑马想让另一只背着它，下面那只老是跑，不愿意背，是不是嫌它重啊？”旁边的游客都被这童言无忌的话给逗乐了。妻子试图解释，被我制止住了。

乘上特制的笼式车，穿行在虎群中。老虎们悠闲得很，有的卧于山上的绿色之中，很难被发现；有的则漫步于中巴车左右，甩着大大的脚掌，时不时将两只前掌搭在防护网上，向里面窥探，像是要看个究竟。看着它们的尖牙利齿与我仅有一窗之隔，它们那种不可一世和浑身上下散发出来的王者气质，让人不禁感慨“我们真是很渺小”。

顺路前行，穿过齐长城，就到达跑马岭的制高点——猛兽们的快乐家园。这里长满了参天大树，地上绿草茵茵，为动物们提供了真实的野外生活环境。

岭上的阳光似乎也会见风使舵，刚刚在车上脱掉的上衣，到了山顶，山风毫不吝啬地吹在我们身上，让我们不得不重新穿上。

我们大口大口地呼吸，空气中夹杂着泥土的气息，林海不断释放着负氧离子。这里的每一片绿色仿佛都是一个音符，这音符不断变化着，弹奏出一曲美妙的旋律。我被这美妙的旋律陶醉了，就像是饮了一壶陈年老酒，灵魂有些失重，差一点被风刮走。

“峭壁云峰，俨若画屏，松柏掩映，生于石隙；禽鸟飞鸣，如在镜中；春涧野花，秋林红叶，望之如锦。”此番游赏足矣！

秋日的跑马岭，蕴藏着春华秋实。这是多么能让人产生思念的季节啊！意犹未尽，赋诗一首，聊表喜悦之情：

一枚落叶
划落一个秋天
这每一个秋天
是我对你的思念

我将思念交给秋天
它翻墙入室
把日历偷偷地改到了它的名下
临走
却把思念落在了窗台

把心灵留下

“城南有座山，山抱绚秋湖。湖照万叶塔，登塔看红叶。”吟着自己写的小诗，我再次兴致勃勃地与老友相会红叶谷。

如果把一座城市比作一篇美文，城市里的每处风景则是文中的不同符号。红叶谷啊，你无疑是令人啧啧称奇的感叹号！

步入谷中，但见青色石阶把大片火红映衬得分外耀眼。树叶似乎有意无意地由黄变橙直至红透，令人有渐入佳境之感。拾级而上，一路倾听着秋之歌。谁说高处不胜寒？越向上前进，越更加感受到一种热切，这是心灵与阳光步步贴近的热切，是希望之火与红叶激情拥抱的热切，是红叶谷敞开怀抱，向世界倾诉的热切！

秋天的节气，散发着久违的浓郁清芬，层叠的山峦，漫山的红妆，山风吹来，树叶沙沙微响，碧波漾起微澜，野鸭游过，游进了红湖里。红彤彤的叶子在招手致意，她们在召唤么？我多么希望读懂每一棵树的心事啊，即使不能这样，我也要按照自己的心意为她们赋上名字。那直立身躯的，就叫做“傲霜”；那屈身前探的，叫做“青鸟”；那红得特别艳丽的，叫做“盛夏”；那似醉含羞的，就叫做“公主”吧……

正在努力思考着，另一幅生动的画面闯入了我的视线。那是一位十几岁的少年，静静地在红叶林中写生。我看着他的作品：黑色炭笔简单地把群山轮廓勾勒下来，然后是毫不吝啬的大片红：各种姿势的红、各种神态的红、各种命运的红……我微笑着问他为何选了这个安静并且视角不太广阔的角落写生。他若有所思地回答说，这样才能真正领悟自然的真情，安静才能体会厚重，沉稳才会焕发激情。“好啊！”我情不自禁地赞叹起来。我拾起一片落叶，把它放在手背，轻柔地触摸着。是啊，虽然不能重回童年，我却可以像红叶一样留住童心！红叶啊，你不要透支过了，我要把你储藏起来，你与我一同经历过去，又一起面向未来，此情此景，在我今后的生命里，将是最为动情和难忘的回忆。

“山间小路通幽深，林内溪流少染尘。漫步曲径心虽古，放眼大千境亦新。春光虽可展秀色，秋风又将地铺金。一夜寒霜生妙笔，万树枝头绽红云。”万叶塔上，放眼满谷遍是红色，层层叠叠，犹如一团团尽情燃烧的火焰，令人心跳，令人感叹，更令人心旷神怡。此刻，似乎穷尽“漫山红遍”“层林尽染”之类的词语也无以表达那份闯入心扉的热爱。没想到，近看色彩如此清淡的红叶竟在远处聚在一起迎晖饮露，叶焕丹红，如火似锦。这里是童话的世界么？是的，不然怎么会如此令人如痴如癫呢？这里充满着童趣，却摒弃幼稚，散发成熟；这里返璞归真，却自有妖娆，不落俗套。忽然想饮一壶酒，让灵魂失重，“好风频借力，送我上青云”。

从地上拾起一片红叶，对着阳光，清晰地看那细细的脉茎，仿

佛那里蕴藏着最绚烂的生命色彩。我用指尖轻轻地捻住小小叶茎，红叶开始婆娑起舞，我知道，自己握住的不只是红叶，而是整个秋天！

“自古逢秋悲寂寥，我言秋日胜春朝。晴空一鹤排云上，便引诗情到碧霄。”此番游赏已然如此，妙哉！

意犹未尽，赋诗一首，聊表喜悦之情：

这里是绿水
不
这里是红的海洋
你看那湖与山的映衬
分明是红占了主角
我的眼睛被透支了
如此的美景
令我不敢眨眼
生怕惊扰了她们
因为
我爱红叶谷
她不甘寂寞
我爱红叶谷
她桀骜不驯
我爱红叶谷
她把储蓄了三季的热情
毫无掩饰地全部释放了
看

一片红叶掉落了

那是了却了一世牵挂

那是一份叮咛

那是一份嘱托

当　兵（一）

当兵第二年，我有幸被选中为下一年的新兵连班长。说是有幸，其实有些谦虚的成分，那是在几百名战士里面，经过层层选拔，最后挑选出来的，部队还是用实力说话的。

在等待迎接新兵的那十几天里，我心情复杂，同时也伴随着激动。除了重复学习军事动作以外，最重要的还是做好新兵的思想工作。因为，我也曾被做过思想工作，这是很重要的。

二〇〇二年十二月底，新兵们陆续地乘坐大巴来到了教导队。五湖四海的兄弟们汇集到部队的大熔炉里，期待着炼就一块好钢。教导队共分两个排八个班，我们是一排三班，在三楼，班里九个新战友，有北京、广东深圳、山东东营、安徽亳州、河南新乡和邓州的。在这里，为期三个月的新兵连生活开始了！

二〇〇三年正值非典，班里深圳籍的战友心急如焚！因为，广东非典肆虐，人心惶惶，作为军人，每天看到媒体报道感染非典的人每日剧增，他们的心情我当然理解。他们整天像霜打了的茄子一样，这时我们的思想工作就跟上了，找他们单独谈心、听听战友的想法、每天给家里通一个电话、在适当的时候让他们的父母来部队探望一次等等。卸掉他们的思想包袱，营造一个轻松的氛围。就这样，大概一个多月以后，部队首长同意新兵连的家长们前来探望。这可把他们高兴坏了！那几天就像过年一样，除了每天一遍整理内务卫生以外，就是在园区自由活动。有一天，麦新兴的家长单独找到我，拿出了一个信封和一部手机，说："孩子在家没吃过苦，这一万块钱你拿着，多多关照一下，这部手机呢，我们多多保持联系！"当时，我的津贴只有九十块钱，一万块钱对于当时的我来说是何等的巨大和具有吸引力。当理智战胜了欲望时，那是对此何等的不屑一顾！当时我就斩钉截铁地说："叔叔，照顾他们是我分内的事情，把他们训练成合格的军人是我的职责，而且，我已经把他们当成自己的亲兄弟一样了，请您放心吧！你的心意我领了，我们也有纪律，钱和手机我绝对不能要！""那把手机留下吧，我们联系……""什么也不行。"没等他说完，我就打断了他。现在想想，也就在那个时候能经得起诱惑，换作现在就不好说啦！

后来发生了一件打架事件，主角有我！在新兵连每天都有小值，就是每个班轮流打扫餐厅的卫生和负责洗刷餐具。那一天正好我们班值日，炊事班的一个老兵把我们班的一个战士打了！听到消息后，我从二楼的窗户里直接翻过去，正好到餐厅门口。当时没多想，过去两拳就把那个老兵打倒在地。要说他也不禁打，鼻子嘴里都是血，心想：就你这样的白当兵了！这个老兵的名字确实记不清了，他也有一副好身板，面庞黝黑，两块胸大肌不时地在绿色的迷彩服下跃跃欲试。这个时候，炊事班的那些人，拿着勺子、铲子、擀面杖，还有菜刀，就冲过来了。“干什么，干什么！”教导员在后面训斥道，“看看你们还有没有军人的样子，兵痞子，跟我去办公室！”进了办公室，叶军委找了一处墙角，低着头，左手捂着脸，有几滴眼泪狠狠地落在大理石地面上，向四周溅去，像是在向我诉说着冤屈。教导员看了看我们，用带着河南腔的普通话说：“刚才的事我都看到了，说说吧，怎么回事？”原来，教导员在一楼的窗户里一直关注着新兵的一举一动，碰巧发生了这件事。事件的发生是这样的，叶军委同志（新战士，东营人）刷完盘子交到炊事班，老兵发现还有一粒米粒没洗掉，就命令叶军委用嘴舔掉。他感觉尊严受到了侮辱，就没舔。结果，就被老兵打了。然后，我下来不管三七二十一，也动起了手！“我先不管他谁对谁错，欺负我们班的战士就不行！”我瞪大了眼说。对方也毫不示弱，说：“有本事出去单挑！”“走，我弄不死你！”见双方都不示弱，教导员不但没发火，反而笑着说：“要不我给你俩当裁判。”然后接着说，“这件事情你们都对，又都有错。对在哪儿呢？对待工作和职责都很认真。错在都太冲动，哪能抬手就打人啊？一个新同志，一个老同志，一个新兵连班长。米粒没洗掉可以让他重新洗嘛，动手打新兵肯定是错的，先道歉！”道过歉后，“再说说你们俩，都是老同志了，还这么冲动，都是在一起的战友，一旦分开，可能一辈子都见不到了，所以，你们要珍惜啊！”听到这话，虽然我们还都在气头上，却同时把头转向了对方。教导员接着说：“握握手，还是好兄弟，好战友。”我们的手不约而同地伸向了对方，当时我感觉到他力量大得惊人啊，或许是长期颠勺的缘故罢！

后来，又发生了一件事情，我违反了部队的规章制度，被大队长发现了。事情是这样，周末我请假外出回来，刚一进营区大门，门口的卫兵就对我说：“三班长，出事了，教导员让你打背包回中队呢！”卫兵的话直接把我说毛了，因为，这时候打背包，就意味着被开除新兵连，丢人丢大了！我三步并作两步跑到教导员办公室，刚到门口，就发现办公桌上有我熟悉的东西。“报告。”“进来。”声音是从寝室传出来的，感觉凉飕飕的。“那些东西是你的吧？”

原来，我藏在柜子里的酒精炉和鸡蛋被教导员和大队长检查的时候发现了，因而，我违反了部队的条令条例。况且，我还是班长，不但没有以身作则给新兵做出榜样，还知法犯法。所以，教导员就想“杀鸡儆猴”，以示警告！“知道什么事了吧？”语气中带有质问和肯定！“报告，知道。”我答。因为知道自己理亏，所以低着头小声说道。“那为什么还这样做？不要以为自己训练好、素质好就可以违反纪律，我告诉你，今天就让你打背包回中队！”见他在气头上，我就没做解释，转身回到班里。在收拾东西打背包时，战友们回来了，坚决不让我走，一个个眼泪汪汪的。“教导员要是让你走，我们就不训练了！走，我们去找教导员去。”说话的是叶军委，平时看他老老实实的，真正有了事，倒还真不是怕事的主儿！这样一来，还真有效，教导员让我去把事情的原因解释一下。

结果肯定是圆满的，我们的心情自然也是美丽的！

当　兵（二）

——探亲有事故

当兵两年间，我未曾回家探过亲。当时只有老兵或是家境较好的才有这个权利。所以，每当有战友以回家探亲有多好来引诱我时，我都会一笑了之。因为我琢磨过，这来回的费用是一笔不小的开支：回家的往返车票，往回捎的土特产，回来给队长、副队长、指导员、副指导员、排长、司务长、班长、副班长，还有普通战士，哪一个不得意思意思。想到这，我就会想起母亲在田地间日渐弯曲的脊背，和父亲那锉一般的大手。而这一趟的费用，恐怕是他们一年的生活费。唉，想想还是算了吧！但每次夜里站岗放哨时，在哨位上看到北去的火车，那一声声汽笛的鸣叫，就如母亲一声声的呼唤，搅得心里好一阵难受。

不过现在想想，假如那时有回家探亲的经历，是不是现在回想起来也别有一番滋味呢？既然未曾拥有过，那就算了，还是说说其他探过亲的战友吧。

有些老兵们回家探亲就没这么多讲究了，也简单了许多。跟队长、指导员好好说说，假条就批了。话不用多说，老兵们都懂，探亲回来放下行李，拿出土特产大伙分分。往往当天晚上伙房都加餐，我们这些新兵也跟着沾光。不单是嘴上，身体上也沾光——晚上小练兵取消、夜里的紧急集合哨也停了，也可以安枕无忧了。

当兵第二年，我的同年兵加济南老乡尹军也要请假探亲。队长先是一本正经地说一些部队规章制度，而后就喜笑颜开地说再和指导员商量一下。其实这都是套路，没一会儿，假条就批了下来。

尹军体型较胖，军事素质较差，训练和大比武每次都落在最后，尤其是集体成绩，总是拖中队的后腿。队长一直不喜欢他，所以他一直在中队负责养猪。他这次请假用他的话说：真他娘的不容易啊！临走的时候，中队的干部千叮咛万嘱咐：回到家要做好保密工作、给父母带好、早去早回、注意安全、最好让你家人把你送回来……班长也说话了：家乡有什么特产捎点来，回来给你钱……

时间对于我们这些不曾探亲的人来说是漫长而枯燥的，而对于尹军来说，这幸福太过短暂。

他回来的那天傍晚，队长安排伙房多加了几个菜，晚上也没有小练兵。本想今晚又可以安心地睡个囫囵觉了，可凌晨三点，一阵急促的紧急集合哨声惊醒了所有人的美梦。

“同志们：就在刚才，接到二号哨位报警，有三名犯罪嫌疑人翻墙越狱，哨兵发现后鸣枪警告无效，果断开枪，击毙其中一名嫌疑人，另外两名嫌疑人向西边稻田逃窜。我命令：突击班迅速去军械库取枪，立即向嫌疑人逃窜方向追击，进行地毯式搜索，一旦发现，负隅顽抗者立即击毙；副队长和王强与警犬一同前往；一排：迅速携带应急棍封锁各个路口；二排：携带警棍盾牌，随我前往监

室，排查隐患；三排：在中队留守待命，防止发生暴乱。各排带好对讲机，听明白没有！”

“明白！”我们齐声回答，那响声震醒了天边的朝霞。

发号施令的是中队指导员——严青。

老兵们都知道这是假的，因为，根本就没有听到枪声。只有新兵们慌慌张张地执行着指导员下达的命令。

果不其然是虚惊一场，这场演习持续了两个多小时，再回来集合的时候，天边泛起了鱼肚白。三排的那些老班长们也在楼上懒散地下了楼。

天亮后，我们还在议论指导员为何会如此反常的时候，指导员把尹军叫到了猪圈。

“尹军，这猪太脏了，给它洗洗澡。”指导员指着猪，是冲着尹军说的。

“啊？是！”

待指导员走后，尹军越琢磨越生气，随手拎起一张铁锨，狠狠地拍在了其中一头睡觉的猪屁股上。那猪就像做了噩梦一般，一跃而起，“吱吱”地乱窜，把猪圈门上的铁栏杆都撞弯了。尹军气冲冲地拉着铁锨在地上走，铁锨与地面的摩擦声从此影响了猪圈里猪的神经元。

这以后，每当我们大扫除路过猪圈，有铁锨与地面发出摩擦声时，那头猪无论在干着什么，都会“吱吱”地叫个不停。

我记得那次尹军拍了猪后，过了好几天，那头猪屁股上的铁锨印还有呢。

修　车

现在出行讲究环保，一公里内步行，三公里内自行车，五公里内公交车。随着路程的增加，逐渐变成了汽车代步。汽车代步自然好处满满。然而，路遇问题，那就要费一番周折了。

我所驾驶的这辆车，是与别人互换的。两年多来，从未出现过毛病。不是说我驾驶技术有多好，只是我把它当成朋友相待。可是，朋友之间也不总是万里无云，偶尔也会有些小龃龉。

一日，下班途中轮胎受伤了，一枚螺丝钉刺穿了它。要不是后面的车辆一个劲儿地打闪光灯，我还不知道什么情况呢。后方的车赶上我，窗户落下的那一刻我还以为我是不是犯了什么错误，人家开窗质问。前后车窗同时落下，又同时指向我的后胎方向，我才意识到，我的猜忌是那么低劣。

我把车移到路边，傍晚的阳光早已躲进了厚厚的云层。我打开后备箱，就在取出备胎的同时，我沮丧地发现这备胎也是一条坏掉的，一道不大不小的口子正在冲着我坏笑，就像是一位故友在鄙夷地暗示我冷落了它。这是给我的一个惩罚。无奈的我只能支起千斤顶，取下受伤的轮胎，去附近的修理厂。

八月的天气燥热难耐，蚊子不声不响地向猎物靠拢。它们肆无忌惮，就像是贪婪的小偷。吸饱了的蚊子不再像来之前那样自如了，飞行速度明显慢了许多，最后它们连做标本的机会都没有了，我的血印在我的手掌里，鲜红。

拦下一辆车，我把扎有螺丝钉的轮胎放到车上，找到了附近的一家修理厂。老板一看就知道是过路的，张嘴就要一百元。我说补胎哪有这个价，不就几十块钱吗？老板说爱补不补，这里就这个价。我说你这不是坑人吗？我就坑人啊，老板说道。人在囧途，不得不低头啊。好好好，有发票吗？没有。定额的也行。也没有。我只好作罢，看来人家就是吃这个的。

老板一吆喝，两位修理工小兄弟娴熟地把轮胎补好，驾车帮我把轮胎换上。在路上，我问他俩："老板跟你们说多少钱了吗？"他们摇摇头，说没有。我说你们老板跟我要一百。他俩有些惊讶，不解地问："怎么能要你这么多钱呢？补个胎也就二十块钱，来回车费加上二十，最多也就是四五十块。"他俩的话是在为我鸣不平，说老板的心太黑。我说："不要紧，老板不是没跟你们说多少钱吗？我还是给你俩一百，你们回去就说给了五十，反正老板没跟你们说，责任不在你们，剩下的五十你俩分了吧。"说着，我掏出一百元递给后座的小兄弟。他接过钱，脸上的表情显得很不自然，手上的油渍浸在浅浅的指纹里，衬得生命线、事业线和爱情线很清晰，污垢填满了他所有指甲的缝隙，让人觉得有些难受。

或许他们从来没有遇到过这样的好事，又或许他俩晚上躺在床上吸一支烟的时候，会谈论我一分钟吧。

日子里的味道

“如果你感觉委屈，说明你自己对自己不够好。”这是同事琳琳说的。她说，她也忘了是哪个偶像派明星说过的一句话，只是感觉这句话很有味道和深意，就用了部分脑细胞把它记在了脑子里。可能我说得有些夸张，但是她的确是在不经意间，直截了当地说出来的。

琳琳引用的这句话，是在我和爱民姐谈话时说的。爱民姐比我稍大些，与我坐对桌，确切地说，她是位才女，热爱文学，只是忙于家庭和工作，才对文学有所忽略，但这掩饰不了她内心对文学的热爱和良好的文化修养，她说出的话往往都是满满的文艺味。

有一天早上，她问我：“小强，假如你今天不想看书或写作，或者说你今天不想干事先想好的事情，你会怎么做？”我思考片刻说：“我会按照我的意愿去做，前提是在不耽误工作的前提下。”是啊，有多少人是按照自己的意愿去做的，又有多少人违背了自己的意愿呢？有多少人没按照自己的意愿去做，又有多少人做不了自己意愿的主呢？我不知道，也不想知道。不想因为别人的事情而扰乱了自己的情绪，不想太累。怕累了，会耽搁我热爱文学的时光。时光对于一个人来说实在是太宝贵了，你挥霍它，它不会找你麻烦，也不会怪罪于你，它会在远远的地方等你，等你对它俯首称臣。

人生的时光，不过是一个不方不圆的过程，有的被修了边幅，就成了一个日子。这个日子或许会记录从某年某月某日几点几分开始，到某年某月某日几点几分结束，这就是人的一生。那些没有修过边幅的，根本不会有人记住你，你就会成为被过掉的日子，现在，我就是那个还没有被过掉的日子。

回首一大片荒芜和将要荒芜的岁月，我顿悟了，不能留下遗憾，当然也没有什么好欣喜的。我知道，所有的人都是宇宙中一粒小小的、微不足道的尘埃，有的被记住了，有的则被遗忘了，所以更多的时候，我是不会违背自己意愿的。

有时我也感觉自己委屈，甚至想找个没有人的地方或是陌生的朋友大哭一场。我意识到原来是我对自己不够好，是我对自己不负责任。可是，现实已经不允许我对自己或是别人哭泣了，日子的酸甜苦辣、五味杂陈，只有日子知道。我就是一张白纸，诞生、涂写、擦拭，最后连一个标点符号都加不上。如果我对自己好点儿，我会用这张白纸绘出最新最美的图画，让一个一个喜欢这张图画的日子，同其他图画一起装订起来，那就成了一页页的历史，我也能成为历史的一部分了。

对自己好些吧！即使成为了历史的一部分，也会被翻来覆去，不得安生，但我宁愿不得安生，也不愿意陈列在某些人的书橱里崭新如故。那些能饿死苍蝇的书橱，就如苍蝇一样彷徨。

洗一把脸，一个人走在空荡的走廊里，可以手舞足蹈地比划着一切看不惯的事物。坐在电脑桌前，看着信息如潮的网络，敲击键盘的手在上下翻飞，像弹奏一支没有音符的曲子，回荡。

一壶清茶早已向我招手，这里有日子的味道。

卖 桃

说起桃，想必大家都吃过。据传说，桃是神仙吃的果实。吃了头等大桃，可“与天同寿，与日月同庚”；吃了二等中桃，可“霞举飞升，长生不老”；吃了三等小桃子，也可以“成仙得道，体健身轻”。

今年桃子可谓是大丰收，你看集市里、夜市上，凡是人流多的地方，都有卖桃人的身影。我也是卖桃人中的一员，原因父母承包的果园遇到了好年景，但丰收的背后就是滞销。

果园从年前就进入修剪期，把一些老枝去掉，以便来年长出新枝来，保持新老更替、通风舒适；来年春天，满树桃花竞相开放，迷醉了尘世的卿卿我我；花败留果，每一朵花都是一枚果子，从枝头到枝末次第排开。等到半月有余，有些果子自然脱落，还能在枝头翘首以盼的自然是些健硕的了。即便如此，还是要人为地去除一些，一个枝上留下三两个体型较大、长在树枝下方的果子。为什么

马

不留朝上生长的果子？我问过父亲，他说朝上的容易被鸟儿啄食。

一棵盛果期的树上能开上万朵花，所结的果子需要人为地一个个甄别疏留，一亩地有一百多棵桃树，父母的果园有四亩。我周末的时候去疏过果，站在一棵树底下，忙活了两个小时都没动地方，放眼望去，还有无数个果子在那搔首弄姿。我的腰是酸的，手指头是黑的，眼睛是花的。不知道父母亲这几年是怎样熬过来的呢？

到了阴历六月，桃子陆续成熟。采摘下来的果子被放进了周转箱，运到市场上，成为各家各户的时令水果。

说起卖桃，几多辛酸，我深有体会。首先要找一处较好的位置，一般长摊早被人占据了，故只能选择占道经营，却因城管的严格执法而如做贼般风声鹤唳。冥思苦想后，横下一条心，采用“游击战”，“敌进我退、敌退我摆”的策略与之周旋，这招很是奏效。

摆摊落座，秤杆置中，零钱放于腰部的挎包，塑料袋装在篮子里，桃子前放一把小凳子，便于买桃人方便选桃。做生意我不怵头，之前夜市练过摊，也算是轻车熟路了吧。刚开始我就吆喝“甜桃十块钱三斤，不甜不要钱”，我明白，只要敢吆喝，就有来买的。

“这桃甜吧？”一位中年男人问道。

“不甜不要钱，来，先尝尝。”我拿起早已削了皮的一个桃子，切下一块，递到了他的眼前。

“嗯，这桃不孬。便宜点，我多要些。”

“行，张嘴三分利，您还价我肯定得给个面子，四斤。”我说。

“好，痛快，来二十块钱的。”

买卖就是这样，只要有人往前凑合，随之而来的人就会扎堆，就在他挑选的时候，后面好几个人围拢过来了。

“桃怎么卖的？”

“十块钱三斤的卖四斤了。”

“甜吧？”

“稀甜。”

“拿袋子。”

“好嘞。”

只一阵工夫，卖了多半箱，大的、红的大部分被挑走了。我从车里又搬出一箱，两箱桃形成鲜明对比，价格自然也就有了变化。品相不好的一块钱一斤，图便宜的自然不会嫌弃品相。

一对上了年纪的夫妻牵着一只狗来到摊位前，男的要我拿一个桃给他尝尝。我随便拿了一个，他咬了一口，接着就扔到地上了，那只狗不由分说地吃了起来。

“嗯，挺甜，咱‘儿子’都吃上了，称点儿。”男人对女人说。

我给他们称完说道：“五斤高高的。”

女人说道：“你这秤准吧？我就在这楼上住，不够秤回来找你啊！”

“您放心吧，少一两，补十斤。”我说。

“我再拿一个，回去给俺‘儿子’吃去。”

再挑完剩下的桃子，就更不能看了，基本就是歪瓜裂枣、虫眼较多的了。这样的只能一块钱二斤或是论堆卖。一般到了这个份上，就没有还价的了。买收摊货的，大部分是附近的农民工或是老年人。他们连看也不看，一兜十几斤的桃子，三五块钱就提走，他们会说“明天还有的话，再留着”。

我在卖桃的时候，深深地感觉到老百姓生活之不易。父母也是农民出身，和老百姓一样，都是土地的孩子。他们忙活了大半年，为的就是能换些钱补贴家用。每当到了桃子成熟的季节，父母为了躲避太阳的炙烤，每天都是凌晨四点钟到果园，穿上长衣长裤，一直摘到中午十一二点，简单吃点饭，再运送到市里来卖。当天摘的果子当天卖不了，一宿就会腐烂掉，我多希望那些买桃的人多买一点、希望那些管理人员睁一只眼闭一只眼，职责要尽到，但可以偏一厘米准星。

一天下午，我下班后直接去了父母暂时摆摊的地方，发现没有他们的身影。拨通电话，问是否去了其他地方摆摊了。母亲说：父亲在临近摘完桃子的时候，差点晕倒，赶紧让父亲回家休息了。我打电话的时候，父亲还没有醒。

我在卖桃的时候，会让父母离远一些，尽量不让他们看见我。他们转一圈回来，桃子就会少一些。母亲夸奖我会做买卖，其实我都是低于市场价卖的。

最后，我会偷偷放进母亲钱袋子里一百块零钱，让她自己去数。

水库惊魂

从我家再往东南走七公里，就是兴隆水库。在这里，我经历了一次说不上是生离死别的事，因为，这件事没有成为事实。

那年我上初中。暑假期间和同学们相约去土屋村一所学校里踢球。踢完后，满头大汗的我们受老大李万鹏的蛊惑，要去附近的河里洗澡。结果河水受到上游排放物的污染，水质浑浊不清了。他又提议，去兴隆水库。其他识水性的几个同学都举手赞同，只有我有些犹豫不定，心里打着退堂鼓。

但，还是硬着头皮去了。

首先映入眼帘的是宽阔的水面，碧波荡漾。水面上没有船，远处有几架鱼竿深入水中；近处，有些稍大些的孩子在把麦秸放在岸边附近的水域。一开始我不懂，不知道他们干这个是为什么。

“老大，他们这是忙活什么呢？”我问道。

“逮鱼呢。”

“逮鱼？怎么逮？”我更加疑惑了。

“这个都不懂！麦秸放在水面上，水里就缺氧了，一缺氧，鱼就憋得慌，这一憋得慌不就得上来喘气啊。你看，旁边放着的网子就是等着鱼一上来，他们就撒网。”老大跟我讲解道。

我一听，来了兴致，非要看个究竟不可。

在我饶有兴致地看的时候，他们早脱了衣服一一下了水。我一边看别人逮鱼，一边也脱了，只剩下三角裤衩。可我回转过神儿来的时候，却不敢下水了。没办法，只得在岸边蹚水玩儿。这时一位老爷爷看我一个人在岸边，就问我：“小子，你怎么不下去洗个澡啊？”

我回道：“不敢。”

“是不会吧？”

“嗯。”

“不会就别下去了，在边上玩玩就行。”

我点着头，看他也脱去衣服准备下水，就问：“您也下去吗？”

“当然，我在这里洗澡的年龄比你都大，我今年都八十一了。”

说着一个猛子就扎进了水里。我当时看他感觉没这么大年龄，鹤发童颜的，在水里犹如“游龙戏凤”。

这时，我才发现同学们早已游到了东岸，我赶紧顺着岸边往东岸跑。我刚过去，他们一人抱着一块白色泡沫板，扑腾着脚丫，又游走了。我有些生气，心想，你们能游过去，我怎么就不能。我也捡拾了一块较小的泡沫板，一下扑进了水里。虽说没他们游得好，游得快，但也感觉游刃有余，轻松自如。

游到了水库中央，我看到周围有好几块泡沫板向我围拢了过来，吓得我使劲儿扑腾双脚。他们一个个露出脑袋，向我吐水。

老大说：“不是不下来吗，眼馋了吧？”

我不敢说话，怕一说话就呛水。我闷不做声使劲儿往前游着，心想，到了岸上再找你们算账。

老大又说：“咱们把泡沫板扔了吧，看谁先游到岸上。”

他们一拍即合，一股脑地都扔了，水面上立刻水花四溅。只有我还抱着那泡沫板，慢慢地游着。此时我想，他们都能轻装游过去，我为什么不能。心一横，也扔了。

我有些高估了自己，刚刚扔掉泡沫板一会儿，就感觉整个身体往下沉，任凭我怎么使劲儿，身体就是不听使唤。当时心想，完了，以后再也见不到父母了，还没来得及孝敬二老呢，没了我，他老两口可怎么活啊！我双手不停地拍打水面，也顾不上水往我嘴里灌与不灌了，赶紧向同学们求救。老大游到岸边不停地喊：“快点，快点，后面的都追上来了！”他根本就没注意到我在呼救。他们都上岸后，这才发现我正在往下沉。老大一看不好，正要下水救我。却发现我又游了起来，而且明显比原来快了。这是我上岸后他们异口同声说的。

我也不知道是怎么回事，那次就在我往下沉的时候，感觉脚底下有一个圆圆的、滑滑的东西往上顶了我一下，瞬间觉得脚上有了劲儿，一鼓作气游到了岸边。

游回岸上后，向同学们讲述了我刚才在水里踩到的东西，有的说是石头，有的说是老鳖，有的根本就不信。

事情过去了十几个年头。前些年，听说兴隆水库干涸了，我专程去看过，水库深有四五米，底部除了泥巴和一些碎石外再没有什么。而那次，我分明感觉是有东西的。

一位村民模样的老汉见我在水库大坝上站了良久，过来问我：

“这里都没水了，有啥看头啊？”

我说：“好久没来这里了，知道没水了，过来看看这水库底下有东西吗。”

“有啥东西，这不是都在这里了吗？”他说着用右手食指指了一下干涸的库底。

我说：“小时候我差点在这里淹死，就在沉下去的时候，感觉有个东西托了我一下，才有了现在的我。”

“哦！你这一说得快小二十年了吧？那时候俺村里有个老头在水库救了不少人，周围这几个村都知道，他从来不留名，他死了也得快二十年了。”

我听着他把话说完，眼睛望向水库中央，好像想起了什么。

诗意泰山

当所有人还沉醉在如诗的秋意里，泰山昨夜悄然下了一场细雨，这雨又持续了一个白天，似乎是为了正在举办的第二届“泰山诗会”而来的。

雨水打在哪里，哪里就会有诗意泛起，就如我的吻一样，会留下一段短暂的印记。山腰处那袅袅的白云，如母亲烧饭时冒出的缕缕炊烟，让我急于奔向她。

秋日的泰山，想必不用我多说了吧，只要你来，每年都会看到。而要见到雨后的泰山，那还需要一定运气的。雨后，在这万籁俱寂的山涧，静得能听到自己的心跳，静得能听到滴水四溅，静得仿佛能听到神仙的劝诫。我一下从喧嚣隐入了仙境，灵魂被洗涤后愈发洁净了，我的前世是否与这里有缘，由细雨牵线呢？不知道为什么，到了这里我不能自已，或许今生的缘亦在这里吧。

十年前，是我婚后第二年，陪岳母和妻子来泰山还愿。岳母很多年前就曾在这里许下愿，将来要找一个好女婿。那日是我生平第一次登泰山。当时只是感觉泰山很绚丽，很壮观。如今，初在文学道路上攀爬的我，再次登顶泰山，竟感觉自己黔驴技穷，不知用怎样的词汇去赞美她了。

这一次入山，因一场秋雨的缘故，让泰城的秋天增添了许多凉意。然而，也正是这一场雨，让我目睹了泰山的奇观——云海、佛光、晚霞。

波涛汹涌的云海，白云平铺万里，微风吹去，犹如云的海洋。山峰连绵起伏，耸立云端，而白云就在脚下，仿佛自己置身于仙境之中，令人无限遐想，心旷神怡。

云雾弥漫，站在极顶的山头上顺光而视，在缥缈的雾幕上，就会呈现出一个内蓝外红的彩色光环，整个人影会投映在里面，恰似佛头上方五彩斑斓的光环，这就是佛光了。

这里的晚霞更为光鲜。雨过天晴，天高气爽，夕阳西下的时候，在极顶仰望西天，朵朵残云如峰似峦，一道道金光穿云破雾，直泻山间。在夕阳的映照下，云峰之上均镶嵌着一层金灿灿的亮边，闪烁着奇珍异宝般的光辉。

这就是我一颗凡心向往的地方吧，华丽的语言在这里已没有了用武之地。所以，只能闭上眼睛，屏住呼吸，让我这个凡夫俗子也享受一下神仙般的境界吧。而我一生犹如一次逆向的旅程，一无所有地来了，走时，也将不带走一片云彩，这一路上，我会路过山川、河流、经幡、老屋……

夕阳下，随缆车缓缓驶向云海深处。才发现，遥远的都是美好的，真正深陷其中，也没什么了。

晚上做了一个梦。在梦里，我孤独地望着来来往往的人们，他们有的西装革履，有的休闲时尚，有的披着僧袍，每个人都在路上，都在漫长而短暂的修行路上。然而他们能听明白自己内心的声音，所以，他们又不是孤独的，因为，每个人都有虔诚的灵魂，就和都有信仰一样。

我也有信仰，它就像冬天里的暖灯，不仅能取暖，还能够照亮前方的路。

我问自己：

为什么花开时不在意，花落时又想念呢？

为什么下雨多在夜晚，白天又觉心烦呢？

为什么失去后方知悔恨，拥有时却不珍惜呢？

过去的东西，总要留点记忆；不经意的时候，才会错过真正的美丽；不要只盯着过去，错过，就错过了。

想罢，我写了一首小诗，寄予泰山：

自我离开后
你的美丽全部烙在心头
泪水在雨后
化解了忧愁
云海的那边
有没有神仙对弈
有没有恋人牵手
想必
你知道我会遇见你
我知道
我想带，也把你带不走

心中的石屋

昨夜的一场中雪，给整个大地披上了银装。落在城市机动车道上的雪，很快就被融雪剂化开了，而人行道上却结了一层冰。细小的自行车轮胎，经不住冰的细滑，时有人仰马翻的，吓得其他非机动车辆，冒险驶入了汽车道行列。

我的前方就是一位骑电瓶车带着孩子的男士，走走停停，我不敢按喇叭，只得距他远一些，而后面的汽车却在不停地发着脾气，快速闪着大灯。

送下孩子，向单位领导请了半天假，去城南大涧沟东村拍照片。因为我的首部散文集《那年，那些房客》即将出版，考虑到现在的读者讲究图文并茂，编辑老师打来电话，说文章里最好有相关的部分照片，夹在书本里，增加受众。

这本书里有一篇文章《姥爷》，内容写到姥爷生前吃住在果园，居住的石屋只能容下一张床板，门窗破旧不堪。我就想去拍几张石屋的照片。

我在大涧沟村东头也有一所房子，那是父亲十几年前建的，距姥爷的果园大概有两公里左右，我很少过来，也很久没去过那个果园了，不知道他老人家在另一个世界会不会怪罪于我？驱车过了我家，本想把车开到姥爷生前看守的果园跟前，没成想，再往前开，一辆面包车挡在了路中间，既没人也没留电话，我只好退了回来，将车放在家门口，步行过去。

在路上，我看到房檐上结满了冰凌，有长有短，有粗有细，我拿出手机，找好角度拍了几张。走了大概六七百米，再想拍照，手机打不开了，按了几下，屏幕显示没电了。我记得刚才拍照的时候，电量还显示有三分之一，怎么只一霎工夫，就自动关机了呢？没办法，只好折回来，从车里拿出充电器，进屋先充电。

充了大概十几分钟，我想，这些电量足够我过去拍几张照片的。拔下电源，我又朝果园走去。这次在路上，我没轻易地打开手机，怕又把电耗没了，虽然远处的雪景很美。

来到石屋围墙的外面，原先的栅栏早已不知被谁弄走了，或许早已被人烧火了吧。姥爷活着的时候，这里有很多果树，果树和果树之间从不“打架”。记得我上小学的时候，放暑假后经常来这里，在果园里和表哥追追打打。渴了，就爬到树上摘果子；累了，就躺在树下的阴凉里。那时候姥爷说过，再过些时日，就把果园里的果树换掉，栽种新的品种，等我上了中学，就能吃到又大又红的苹果了。如今，我的儿子都快要上中学了，姥爷，今生还能吃到那又大又红的果子吗？

而现在这里变得很萧条，变得我几乎都快不认识了。几棵粗壮的果树枝杈稠密，有的早已经枯死了。原先这里的生机好像都是姥爷一个人栽种出来的，姥爷不在了，生机也就不在了。我踩在脚下的雪，发出咯吱咯吱的断裂声，走过去，留下了一路伤痕。

拿出手机，找好角度准备拍照，刚在屋后面拍了一张，手机又自动关机了，任凭我怎么摁，就是没反应，黑色的屏幕上显示出手机饥渴的图案。我暗暗嘀咕，是手机的问题，还是姥爷不愿意让我拍照？心想，再去充电，回来再拍肯定晚了，算了，一张背面的也行。刚要转身往回走，脑海里突然闪过姥爷的背影，既然来了，就到前面去看看。我绕过探过来的树枝，来到了石屋的正前方。眼神不由自主地落在了脱落了油漆的木门上，门上没有一块玻璃，屋内是一些杂物，墙上还挂着姥爷生前用的铁钩子和铁环，屋顶早已漏了半个天空。不知道姥爷在天之灵愿不愿意看到此情此景，我想，他肯定不愿吧！

我把头从窗户里拔出来，回转身环顾周围的一切。石屋的前方，原先也是果树，现在变成了三间砖混的房屋，南面是打好的地槽，不知道哪一年也会被舅舅盖了房。

在这里，只有石屋见证着发生的一切，也只有石屋有资格与姥爷成为永恒，或许姥爷的灵魂还在这吧！

2016.11.23 凌晨

随心所欲的东西并非无稽之谈，只是想把自己内心真实的想法表达出来。因为，不知道我还有几个三十五个春秋，更不知道明天会发生些什么，所以，我是怕落下了，忘记了，丢失了。有些东西不能说透，就如不能非要看清一个人一样。每个人都有自己的内心世界，就让这不能说透的话语，都藏在文字里吧！

第三卷

童年碎片

每个人都有童年，各有各的精彩。眨眼间，我们的童年都封存在记忆的某一个角落，我把它翻出来，重新捡拾晾晒一番，别有味道。

得 劲

小时候我家住在东八里洼村西头，西侧是窑厂，再往西就是水湾了。当时那湾清澈见底，鱼虾蟹不少，有时游泳，螃蟹就能夹住脚趾头。夏天晚上的蛙鸣，在我家里听得很清楚。岸上的杨树长得粗壮，得要两个成年人才能抱过来。后来上游建了一座灰膏厂，流下来的污水慢慢把水湾污染了，不知道那些鱼虾和青蛙是否搬家了呢！岸上的杨树被人为地剥去了树皮，树冠上的叶子即将枯萎，树底下怒长出些新绿来。

窑厂是废弃的。灰膏厂未建的时候，窑洞里住进了一位流浪汉。大人们都叫他得劲，我也跟着叫。得劲那时候看上去四十多岁，一米八左右的个子，耳朵上架一副黑框眼镜，一看就是有学问的人，但给人一种神神叨叨的感觉，总是自言自语说着一些别人听不懂的话。他住在坐北朝南的一个窑洞里，里面脏乱不堪，但有一摞厚厚的书放在用杂草铺就的床边，一根就要燃尽的蜡烛倚在半块砖头上。平时他以捡破烂为生，口袋里时常装有十块八块的零钱。有人要钱，他也给。那年我上小学四年级，班里转来一位叫王慧的女生，租住在数学老师家。放暑假，我和王慧去湾里逮鱼，口渴又没钱，有个骑自行车卖雪糕的总是在周围叫卖，馋得我频频回头。我对王慧说："想吃雪糕吗？""想吃。"她说。我放下网子，一溜烟跑到得劲那里，壮了壮胆子，在窑厂门口喊："得劲！得劲！"得劲从窑洞里钻了出来，我说："给我两毛钱。"他二话没说果真给了。给完钱，扶了扶眼镜，就又钻了回去。

第二年的正月十五，外面的积雪足有一尺多厚，屋檐上的冰凌还在不停变长，雪还铺天盖地地下着，丝毫没有消停的迹象。中午时分，母亲煮好了汤圆盛在碗里，让我先吃。我拿起小勺，问母亲："得劲今天吃汤圆吗？"母亲被我问愣了，半天没缓过神来。"怎么想起问这个来了？"我说："我少吃两个，给他送点过去吧。"母亲没说话，回过头，用勺子在锅里转了几圈，捞出剩下的几个盛在另一只碗里，说："给他送去吧，小心点，别摔了碗。"当我端着热气腾腾的汤圆来到窑厂时，我看见得劲正在舀雪，准备烧水。我把盛有汤圆的碗递给他，他伸出那只脏兮兮的手，接过碗，他望着我，随后转过头去。我发现，转回头来的他眼睛里红红的。那个十五，是我过得最快乐的一次。

后来，母亲告诉我，得劲原来是医生，在城里一家医院给病人开错了方子，医死了人，经受不起刺激，就得了神经病。流浪到这里，正好有个废弃的窑厂，算有了个安身之所，湾里的水又能喝，就解决了吃水的难题。平时捡点破烂卖卖，收废品的也不坑他，都是多给他几毛。村里的好心人也把家里不用的被褥送给他。

有一年，外村的几个小孩儿去湾里游泳，突然间有几个小孩儿说看见两条大鱼，非要下去逮上来不可。一下水不要紧，岸边的淤泥太滑，下去后根本站不住，更别说逮鱼了。有两个小孩儿一个猛子扎下去，好长时间没上来。岸上的小孩儿害怕了，赶紧大喊救命。恰巧得劲捡破烂回来，他听到哭喊声和救命声，一个箭步就冲了过去，衣服都没脱就跳进了湾里。十秒、二十秒、三十秒……几分钟过去了，就像是等待了一个夏天。得劲突然冒出了头，侧仰着身子，一只手拍打着水面，一只手搂着一个小孩儿。拉到岸上，他把小孩儿的头朝下，使劲儿拍着后背，然后放到斜坡上，头朝下，有规律地按着肚子，做着人工呼吸，水不断地从小孩儿的嘴里漾出来。不一会儿，小孩儿慢慢恢复了意识。其他小孩儿说，湾里还有一个呢！得劲没说话，又扑进了水里。几分钟后，筋疲力尽的他面朝下游回了岸上，他尽力了，或许在他的潜意识里，他知道，他曾经是医生。他不愿意再看到死亡，还想行医济世。

后来，湾被污染了。得劲不得已要离开这里。搬走的那天他扛着那摞厚厚的书，一位破衣烂衫的陌生女人在身后跟着他。

我远远地看着。

地排车旧事

前几日，在大街上看到一位中年人拉着地排车卖蜂窝煤，让我想起了很多往事。

地排车俗称大车，车体用木头制作，橡胶或木制车轮，构造简单，使用方便，适合短途运输，在交通工具不甚发达的年代，是一种非常便利的运输工具。如今在青岛市云南路还保存了一段全国独一无二、具有岛城特色的“地排车道”。七十多年前，它曾是进城地排车的专用通道，它的重要性在当时可见一斑。

我第一次接触地排车是在五岁时。当年家里养了几头猪，主要喂酒糟和糠。那时候喂泔水是好的，现在生活条件提高了，都说喂泔水不好，其实，不是泔水的事儿，而是原材料出了问题。

记得有一次父母去黄台电厂附近的一家酒厂拉酒糟，就是米、麦、高粱等酿酒后剩余的残渣。那股酸中带有呛涩的味道很是难闻。中午草草吃过午饭，我就坐在地排车上，与父母一同去酒厂。去的

国营二七煤店
二七煤店

时候，基本都是下坡，在我蒙眬的睡意中，反复几次就到了目的地。母亲让我在门口等着，他们进去装车，父亲走到门口，点头哈腰，给了门卫一盒烟，才让进去。不知过了多长时间，就看到满头大汗的父母吃力地拉着车出来了，轮胎也明显瘪了不少。出来大门，父亲驾辕，母亲拉襻，我在后面推。母亲说，不要抬头，只看地下。那一天，我没坚持到最后，也不知道他们是怎样把酒糟和我一起拉回来的。后来，父亲再也没让我去过。

我最后一次近距离接触它是在一九九五年。这要从父亲开蜂窝厂说起。那年父亲在东八里洼的一处垃圾场租了几亩地，开办了蜂窝煤厂。由于当时不懂技术，就找了个合作伙伴。

二十世纪八十年代初期，买蜂窝煤需使用煤券，必须得去国营公司的煤店。舜玉路西头路南原有一家，现在已不知所踪。目前二七新村还有一家国营煤店，隶属于济南燃料总公司，编号001，应该是最早的一家。

父亲生产出来的蜂窝煤比国营的要好，价格便宜不说，关键是耐烧，用过的都这么说。所以周边来拉煤的络绎不绝，那当然是后来的事了。煤店开业初期，为了找到销路，要有人出去卖。父亲和合伙人是老板，肯定不能去。合伙人姓孙，比父亲大十岁，他的儿子比我大十岁，叫孙大成，那年我十五岁。老板不能去，那就两个儿子去。我俩一开始也不愿意，但是说卖了钱归我们，于是就硬着头皮，拉着地排车，到周边几个村子卖起了蜂窝煤。

大成负责驾辕，我负责拉襻。两个人摆弄一辆地排车，一天下来手上磨起了泡，肩膀上的皮都带有血印。当时就想起了父亲当年一个人用地排车拉石头的情景。

我刚出生那年，家里的生计全靠父亲用地排车拉石头来维持，每天从东八里洼拉到北园，从南到北来回几十公里。一车十块钱，两天拉五趟。听父亲说，拉一趟要过两个坎，这里说的坎就是上坡。第一个叫小山坡，地处西八里洼村，就是现在的七里山路东首。虽然距离短，但坡度大，想要上去必须得走 S 型且要一鼓作气。上坡前，父亲用那双长满老茧的大手从地上摸一把土，啐一口唾沫，双手一撮，把襻往脖子上一套，攥紧锃亮的把手，从路的一边，往斜上方 45° 角方向奔去。未到达坡顶之前是不能停歇的，身体要和车统一，脚底下必须踩实，膝盖和地面要保持平行，腿上的青筋几乎要崩裂了。一条看上去是灰黑色的带子紧紧地勒在腰上，背心和肌肤的颜色几乎是分不清的，爆突的血管在胀红的脸上显得格外突出。树上的知了旁若无人地叫着，它不会管你的死活。地排车每变换一次方向，车轮与地面沙石的摩擦声就格外刺耳。一鼓作气，经过两次刺耳的声音后，上得坡来，父亲吐掉早已咬断的半截烟头，残留的劣质烟丝有些辣嘴。他拧了拧搭在肩上的毛巾，汗水顺着胳膊肘滑落到地上，砸在深深的脚印里。

第二个坎就是天桥，到这里，一个人一般是上不去的，需要找一个拉套的，给个三五分钱，就帮忙拉上坡。下坡也得需要一个人往后使劲拽着，坡度长，惯性大，一个人吃不住劲儿。父亲说，当年送下石头后，最爱吃的就是饭店里卖的一毛钱一碗的大杂烩，这大杂烩，就是把别人吃剩下的菜合起来，混在一起再炖一炖。就着煎饼或杠子头，犒劳犒劳自己，就算是一顿美餐了。

当年，父亲狠了狠心，用拉石头攒下来的两百多块钱为我买了一台绿色企鹅牌的落地扇。

去年夏日的一天，父亲躺在床上，额头上的皱纹里贮满了沧桑，白发染白了双鬓，而那双手还在紧紧地攥着。我想，他是想把这来之不易的幸福一直攥在手心里吧。我轻轻地把那台风扇打开，冲着父亲，它依然默默地摆着头。

二姑父

我有五个姑父，在所有的姑父里面，二姑父对我最好。

小时候，我需要什么他就给我买什么，比如羽毛球拍、自行车、双星白网鞋等等。直到现在，他对我的那些好，我仍旧念念不忘。二姑有两个女儿，当时住在市里，是一楼两个一室一厅的房子连接起来的。现在那里早已拆迁，变成了高楼大厦，二姑全家已搬到新建的小区了。

有些时候，想起他，我会发呆，或是看着一件物品目不转睛。尤其是看到他三十年前给我买的羽毛球拍，我的心就像是被狠狠地揪了一下一样。那是一副木质材料的球拍，蓝白相间，把手是黑色塑料皮缠绕起来的，球拍的网线至今仍有弹性。前些天，儿子看到了那副球拍，嚷着非要打羽毛球。其实我是舍不得用这副拍子的，当我刚要摘下球拍的时候，儿子说："这副是旧的，我不用，我要新的。"这倒正合了我的意，我赶紧收回手，带着儿子去超市买了一副新的。

新买的球拍还没打几天，把手上的塑料皮就开胶了。

我小的时候，偶尔也会去二姑家住几天。那时候虽然小，但心里却总是很矛盾。二姑父长着满脸的络腮胡子，每次去都得从头至尾扎我一遍，但是每次去总有好吃的，尤其是羊肉串，那是我的最爱，他总是让我吃个够。所以，每次都是嘴巴的享受战胜皮肤被扎之苦。

二姑父喜欢养鸽子，在院子一角的墙上，钉了一个很大的木箱，掏上洞，就成了鸽子的家。他对它们关爱有加，每天早上天不亮就去放鸽子，打扫鸽舍，要是看到有鸽子抱窝了，就会增加饲料，加强营养。我每次来二姑家住，都会看到二姑父天不亮就起床，趿拉着一双 3520 布鞋，脚后跟咧着的口子就如自行车胎爆一样，无法修复。

一次，他骑自行车送我回来，还带了两只鸽子。我坐在后面，想替他拎着笼子。他却不让，他把笼子挂在车把上，骑起自行车来，笼子和腿有节奏地碰撞着。

在路上，他问我："会骑自行车吗？"

我说："不会。"

"想学吗？"

"想啊。"

那次送我回来，我发现他左腿上有一块皮都磨掉了。

当我再一次见到二姑父的时候，我真是欣喜若狂。他是骑着一辆比二六自行车小一号的二四自行车来的，是红色的，我记得很清楚。那是我小时候收到的最贵重的礼物，也只有二姑父肯舍得给我买这么贵重的礼物了。

后来，我学会了骑自行车，骑着它挨过摔，骑着它淋过雨，骑着它去过二姑家，骑着它我穿梭在村子里的角角落落，引来多少伙伴们羡慕的目光。

还有一次，父母把我送到二姑家后，就匆匆走了。当我白天尽情享受之后，晚上却迟迟不肯上床睡觉。我磨磨叽叽等他们都躺下后才上床，脱掉衣服，把袜子藏在了枕头底下。第二天晚上，二姑父坚持让我洗完脚再上床。我找了各种理由拒绝，他说："不洗脚我可要扎人了啊。"没办法，我瞅准他出去倒水的当儿，迅速地把袜子脱下来塞到屁股底下。外面传来他的声音："袜子也该洗洗了，洗完脚扔到盆里。"我"嗯"了一声，没敢再说话。洗完脚，我悄悄地把袜子藏了起来，暗自庆幸没被他发现。就在我沾沾自喜的时候，二姑父拿了一双崭新的袜子递到了我的眼前，另一只手伸过来，说："拿出来吧。"我装出一副糊涂的样子，正想要说些什么，他接着说道，"袜子，我早看到了，别藏了，明天咱再去买双新鞋。"

我把袜子拿出来，上面布满了各种颜色的补丁，脚后跟、脚趾头处都不知道补了多少次了。这是临出家门时，母亲脱下来给我穿上的。

第三天，二姑父带着我去了离家不远的西市场。在那里，我拥有了童年时代第一双名牌鞋——双星牌白色蓝网鞋。这款鞋也成了我以后很长一段时间最喜爱的物品。

直到现在，每每看到这种样式的鞋，脑海里都会浮现出二姑父的样子。有时候，我还想再让他用那络腮胡子扎扎我！

蜂　蜜

在我童年的记忆里，糖是好东西，那种味道直接甜到嗓子眼，甜到心里去。那时候没钱买糖，但裹了糖的江米球便宜，一分钱一个。我实在抵挡不住它的诱惑，在家里翻到一分钱，就能一口气从村南头跑到村北头，买一个江米球，迫不及待地先把外面那层糖舔干净。吃完江米球，把嘴巴擦干净再回家。为了找一分钱，我不会放过任何一个犄角旮旯。尤其是那对布满了很多孔洞的人造革沙发，总能隔三岔五地从里面抠出一两枚硬币来。

那时要是赶上村里谁家娶媳妇，大人小孩都堆在院子里等着新郎新娘撒糖。小孩儿抢到就直接扒开纸皮塞到嘴里，先过了馋瘾再说。大人们则都塞到口袋里，回去犒赏自己的孩子。过年的时候，小孩子更是起个大早，争先恐后地去给老人们拜年，希望挑到自己喜爱的糖果。

与糖相比，蜂蜜简直就是天上的美味了。有一年暑假，我去表哥家小住。表哥说，蜂蜜比糖还甜。我问：“哪里有？”表哥说：“山上的石屋里有一群马蜂，那个蜂巢很大，里面的蜂蜜肯定很多，只是那马蜂都和天牛一般大，被蜇一下恐怕小命就没了，没有人敢进去。”

我听姥娘说过那个石屋的故事。那是一个下午，天空本来还是晴朗的，不一会儿工夫，黑压压的乌云就涌了上来，刮起了大风，远处的雷声轰隆隆地响，闪电划破天空，豆粒大的雨点瞬间覆盖了整个山村。农忙的人们赶紧到石屋里避雨，调侃着这不速之客。突然，闪电近似疯狂地从高空径直劈向石屋周边。上了年纪的老人知道事情不妙，告诉大家这屋里不能再待了，必须出去，即使淋透了，也不能出人命。紧接着就往外跑，还没等最后的一个人出来，闪电就落了下来，那个人被雷劈死了。姥娘说，她对婆婆不好，非打即骂，所以才遭雷劈的。后来，很少有人再去这个石屋。再后来，就住进了一群马蜂。

我问表哥：“你敢进吗？”表哥摆摆手说：“我可不敢，有一次捅屋后面的马蜂窝，蜇得我额头都能挡雨了。”表哥想了想又说：“村里有两个傻子，刘明子和傻伍子，说他俩傻吧其实也不傻，好吃的也知道往自己嘴里塞，咱诳他俩，让他们进去，咱从远处看着，他俩拿出来后，咱抢过来不就行了。”我使劲儿地点着头：“嗯嗯嗯。”

我们依计行事找到了他俩，并告诉他们蜂蜜特别好吃，其实那时候我也没吃过，馋得他俩哈喇子和清鼻涕都搅合在了一起。这是我第一次与他们面对面说话，他们头发打着卷，目光呆滞，弓着腰，两手背在后面，衣服已看不出原色，找不到一粒扣子，四只鞋没有一只是相同的。我们给他们找来“工具”，就是两块塑料布和两根

树枝，他俩一人一样，塑料布裹在身上，树枝用来捅马蜂窝。俩人大摇大摆地直冲石屋而去，我和表哥躲在洼地里远远地看着。

石屋里发生了什么，我不知道。我看着他俩昂首挺胸地走进去，没一霎儿，就看见他俩嗷嗷叫着跑了出来，循声望去，他们身上和手上的家伙什儿早已不见了踪影，黑压压的一群马蜂瞬间把石屋围了个密不透风。另一群则攻击着两个不知深浅的家伙。眼看着就被马蜂围住了，傻伍子一个趔趄，摔倒了。马蜂从他头顶上直接飞了过去，都冲着刘明子去了。只见他拼命地往我们这边跑，两只手不停地在头上挥舞着。我和表哥见势不妙，撒丫子就跑，不管什么障碍，那都不是事儿了。现在想想，当时就算是刘翔在前面跑，我们也能追上。蜂蜜自然是没吃着，还损失了两块塑料布。我和表哥在他俩回来的必经之路上等着，只见傻伍子从远处哼着小曲，脚底下踢着石子，晃晃悠悠地走了过来。刘明子就没那么幸运了，头上和脸上布满了包，仔细看去，一根根毒刺还扎在上面，嘴里嘟囔着听不懂的话。

后来，在村里再见到他俩，我都是藏起来，生怕他们认出我。

烤癞蛤蟆

姥娘育有六个子女，母亲排行老二，上面还有一个哥哥，也就是我的大舅。他和姥娘住在同一个村子里。大舅家有三个孩子，两男一女。两个男孩儿都比我大，一个大我四岁，一个大我一岁。女孩儿是二十几年前我三姨从八一立交桥下捡来的，由于当时大舅家没有女孩，就收养在膝下了。两个哥哥都没有文化，小学没毕业都辍了学，放牛放羊、养鸡养猪等等，只要是下力的活他们都干过。

每年的寒暑假，由于父母要干活挣钱养家，我都要住在姥娘家，偶尔也去大舅家住几天，其实我还是颇愿意去大舅家的。两个哥哥和我年龄相仿，也就有了共同语言和爱好。每次我们玩之前，都要先给牛铡玉米秸。铡玉米秸可是个有眼力劲儿的活，弄不好就把手指头给铡掉了。每次大哥都不让我帮忙，就怕发生意外。那时候我小，看着这个铡刀就像开封府里的狗头铡一样，虽然没有狗头，却像个大玩具。

有一次，我也要尝试一下铡玉米秸的感觉，再三央求，大哥同意了。他一再嘱咐我，一定要听到“好”后再铡下去。我深深地点了点头。大哥一寸一寸地往里续着，每续一下，就喊一声“好”。我心想：不就这么简单吗？也没什么。突然“哎哟”一声，大哥右手里冒出了血。我的脸刷地白了，傻愣愣地站在那里。但大哥没有痛苦的表情，原来，一窝小老鼠在玉米秸里絮了窝，我一刀铡下去，拦腰截断了几只。我长舒一口气。大哥赶忙把剩下的几只装进一只玻璃瓶里，到饭屋里拿了些香油，把小老鼠泡了起来。大哥说，香油泡过未睁眼的老鼠，可以治疗烫伤，神着呢。我半信半疑地听着，庆幸刚才铡的是老鼠。

一个下午，我跟着两个哥哥去放羊，那地方离渠道很近。这条渠道的水是从锦绣川水库流过来的，供济南市经十路以南居民生活用。时放时停，这几日就停了。我们下到渠道里挖泥鳅、逮青蛙，然后找来一些枯死的树枝、干草做引子，用火柴点着，把“战利品”串在树枝上烤着吃。那时候年龄小，管它能吃不能吃，嘴不闲着就行。我逮到一只身上带疙瘩的青蛙，个头还挺大。我暗自高兴，谁也没跟他说，就把皮给扒了，拿到火上一阵猛烤，鲜嫩的青蛙身上发出“滋滋”的声音，那散发出的味道香得很，我一个人把它全部吃掉了。

到了晚上可了不得了，我的两条大腿内侧开始起红点儿，像小米粒一样。一开始是零星的一点点，只要一挠它，立马就散发开来。不一会儿身上的红点全满了，连成了一片，有的地方都挠破了，还是钻心地痒。那一宿我无法入睡。第二天去村里的卫生室，大夫说是喝了脏风，拿点药就没事了。当时吃了药的确管用，可后来的三四年，每到冬天的晚上，我的腿上都会起一片红点，那种痒恨不得把那层肉皮揭了去。父母带我到医院检查了一番，大夫说，我的体内有一种病毒，周期性很长，要慢慢排出来。问我是不是吃了什么不该吃的东西，我就把在渠道里吃青蛙的事情一五一十地说了。大夫说，那不是青蛙，而是癞蛤蟆，身上有疥，误食后人们因身体的不同出现的症状也不太相同。说完就开了些药。

父母回来后打听了很多偏方，热水敷、香蕉皮抹等等。最后听说可以用以毒攻毒的方式试试。就是用臭袜子，在火上烤烤，烤到最热后赶紧放在患处，反复捂反复敷。以后的每年冬天我的屋里总弥漫着一股臭袜子味。别说，这个法子还真灵，四年后，我终于告别了奇痒难耐的日子。

有一年夏天，暑假期间我又到表哥家住了几天。晚上吃饭是在二楼的平台上，有一点风，蚊子在桌子底下哼哼地也准备开饭。楼下屋里 15 瓦的灯一直没有打开，那台破风扇在等待晚上行使它的使命。平台上没有灯，我们黑灯瞎火地围在一张圆桌旁吃着一盆炖茄子。茄子和天空成了一个颜色，筷子偶尔夹起一块硬的东西，那就是“中奖”了，那是妗子为了我而放的为数不多的肉皮。那晚我睁大了眼睛，用筷子不停地在盆里翻着，表哥也故意与我争抢着，但最终都落入了我的嘴中。

第二天，我的眼睛里长了一个小疙瘩，硌得难受。表哥赶紧把姥娘叫来，姥娘让我两脚跨在门槛两侧，把眼皮翻上来，左手摁住，右手拿一根针，用针鼻儿轻轻地点这个小疙瘩，嘴里还念叨着：“眼疮，点煞，好了吗？”姥娘让我回答“好了”。这样连续说了三遍，晚上睡一觉，第二天便好了。我自始至终弄不明白这是怎样一种医疗方式，或许这也是偏方吧。

前几天我的脖子落枕了，母亲拿一根擀面杖，用跟姥娘学来的方法为我擀了擀脖子。还真挺管用，疼痛缓解了不少，我使劲儿地晃了晃脑袋，说：“好了。”

母亲笑了。

姥　娘

我的童年时光是在农村姥娘家度过的。

门前的老槐树曾是我的玩伴。听村里的老人们讲它已经几百岁了，树心是空的，可以容纳一个七八岁的孩童钻进钻出。树身要两三个成人连起胳膊才能环抱过来。老槐树后面是一座庙宇，一根大腿粗的枝干横跨在庙宇的台阶上，半高不低的颇为神秘——无论贫富贵贱，都要卑躬屈膝才能过去。我常常倚着树身，一边若有所思地咂摸着人们为何把槐树寓意为“望怀”，一边羡慕着它盘根错节，虽有无数分枝，却拧成一股绳般纷争而上。此间需要酝酿多大的勇气，又深含多少难忘的故事……后来，慢慢长大懂事了，再见老槐树时它依旧那般苍劲有力，生命顽强，忠实地守护着庙宇。久了，它的旁边竟还多了棵小槐树。

老树自然也见证了我的成长足迹。儿时，姥娘常常背上我去地里干活。她一只手拿锄头，另一只手提着满满一大桶凉水。我紧紧

抱住她，生怕一不留神就会从那温暖的脊背上滑下来。她的脊背并不强壮厚实，却带给我全部的希望和安全。斜阳映照下，祖孙紧贴的剪影仿佛大大的“中”字。

姥娘在我面前似乎永无疲惫，她总是笑着问我：“谁累啊？”我答：“姥娘累累，强强累累。”“谁好啊？”“你好，我好，俩好。”这样的话每天重复不知多少遍，总是引得周围的人哈哈大笑。那时姥娘家还养了一只鹅，隔一天下一个蛋。她舍不得自己吃，拿它换成鸡蛋给我吃，在当时，一个鹅蛋能换两个鸡蛋。任时光荏苒，这些甜蜜却永远定格在我的生命里。

姥娘住的房子是石头的，院子很通透。迈过屋门口高高的提踏时我总会很吃力，所以，姥娘每天早上都会早早地把提踏卸下来，傍晚又会早早地再安上。影壁墙是土坯的，上面还有麦秸的尸体。影壁的后面有一个囤，用来储存粮食，也是玩儿捉迷藏的最佳藏身之地。正屋门口有两个大缸，上面盖着盖垫。缸里是黑黑的咸水，漂着几个腌得瘦瘦的咸，内壁四周尽是蠕动着的白色小虫。姥娘说这个不脏。究竟她指的是虫子不脏还是咸菜不脏，我不清楚，只是吃咸菜时我会洗了又洗。

记得有一年到了上学的年纪我还在姥娘家住着，父母去接我，我就藏在大立橱里，任凭他们怎么喊就是不出来。最后自然还是被父母强行带走。临走时我紧紧搂着姥娘的脖子不肯放手，泪水湿透她半个肩膀。那些年，我期盼寒暑假比期盼过年放爆竹还要迫切，就等着去姥娘家，就想依偎在她身旁。

放暑假的时候，每次来都会看到姥娘在院子里糊火柴盒，而寒假时，就转移进屋里了。大立橱旁、窗户底下、门后面到处都是糊好的火柴盒，都打成捆，码得整整齐齐。糊火柴盒是姥娘为了补贴家用，有时候我也会加入其中，帮着姥娘一起糊。火柴盒的外盒糊起来比较简单，姥娘教我几遍便学会了。最繁琐的当属内盒，折过来折过去，还得有一个蜡做的模子，糊上糨糊，又是按又是捋，弄得手上全是糨糊不说，糊不好还会招来姨或舅舅的笑话。姥娘总会为我开脱，并训斥他们一番。

岁月无情，姥娘的身体每况愈下。前些年她小脑萎缩，患了老年痴呆症，腿脚、说话都不利索，很多亲友在她脑海里犹如被橡皮擦抹掉一样变得陌生。过年时我和妻儿探望她。当我靠近床边，姥娘的眼里瞬时有了光亮，她用颤巍巍的手从略带发亮的枕头下缓缓掏出一个已经干了皮的石榴。

我小时候很喜欢吃石榴，她始终记得……

后来，姥爷姥娘相继去世了，老房子留给了我的舅舅，他经过翻建，那里已经变成三层小楼了。如今，我虽然很少再去了，但每次去的时候，总感觉压抑得让我透不过气来。

姥　爷

姥爷去世很多年了，但每每想起他，总能勾起我埋藏在心灵最深处的记忆。

姥爷在农村种了半辈子地，起早贪黑受了一辈子穷，养活了六个子女。在那个年代，大多数农民都不容易，就像电视剧《老农民》中的牛大胆一样，虽没牛大胆那样胆大，但那种不愿服输的精神，刻在骨子里。

我的童年基本是在姥爷家度过的。记忆中，很难见到他说笑，从没感觉到他对我多么亲，也从没给我买过一块糖，那个时候我总叫他“铁公鸡”，很少和他说话，就连晚上睡觉也不挨着他。但那时夏天睡觉，蚊子却很少叮到我；到了冬天，被窝里也总是暖暖的。直到后来我才知道那是因为啥。

我上小学时，姥爷把种庄稼的土地改成了苹果园。由于品种不好，要重新种植，他经过一番考察，发现有一个新品种不错，结的果子又大又红，新苗价格便宜，说是五年就到盛果期。他决定试一试，栽上树苗后，基本吃住都在果园了。无论刮风下雨，不论寒暑，吃的不是煎饼就是窝头；就着咸菜都能喝一瓶地瓜干酒。他说，喝酒解乏。住的是用石头垒砌的石屋，勉强放下一张床板，连站脚的空都没有。我每次去，他都说，等我上了中学，就能吃上又大又红的果子了。可到现在，我依然没吃到那又大又红的果子。

初中一年级的时候，姥爷得了胃癌，切除了三分之二才得以保命。在医院里住了半个月，姥爷非要回家，说家里舒坦。但家里条件有限，姥娘就对他说：“去你大闺女家行吗？”姥爷点了点头。

来到我家，姥爷住在我的屋里，由于刚动完手术不久，需要排气，母亲就天天给他按揉肚子，整个屋里弥漫着一股臭味。姥爷搬走后的很长一段时间我都没有进去。后来，母亲跟我讲了她小时候的一件事情。

那是二十世纪五十年代末期，那年冬天没有庄稼活了，姥爷听说离村六十多里外的天河村要修筑水坝，管吃管住还给发工钱，这样优越的待遇让他乐得合不拢嘴。那时交通不像现在这样方便，步行需要好几个小时。第二天，天不亮他就出发了。

一个雪夜的晚上，大雪映白了整个大地。一阵急促的敲门声惊醒了熟睡的一家人。待人走进屋来，母亲才看清是满身都是雪、眉毛和胡子上都结着冰碴的姥爷回来了。姥娘一边替姥爷扫身上的雪，一边问：“这么晚了回来有啥事？是不是干完了？”他说：“这边干完了，明儿早再去别的地方，离家更远了。”母亲趴在床上抬着头，就这样听着。突然，姥爷从怀里掏出来一个茶缸子，这是他喝水用的杯子。“白妮，快下来，看看这是啥？”我的母亲因为长得比较白，所以，小名就叫白妮。母亲顾不上穿衣服，连忙下床

看个究竟。

“肉！”母亲惊呼道。茶缸子里平躺着十几片白色的肉片。白色，就是肥的。这是姥爷干活十几天存的。每次吃饭，他都是把自己碗里的肉偷偷地放进茶缸里，其实，菜里的肉就那么一两片，有时还没有。就这样攒了十几片，连夜赶回来，给孩子们解解馋。姥娘赶紧把大舅叫起来，两位老人一片也没动，看着孩子们吃完。在家说了几句话，姥爷就连夜赶了回去。临走，姥爷不让刷那只茶缸。

说起那次吃肉，母亲和大舅连筷子都没拿，直接下了手。母亲说，吃完肉，她和大舅三天都没洗手。

那年姥爷做完手术，医生说最多可以维持十五年，还要戒烟戒酒。从此，姥爷的身体每况愈下，到后来癌细胞扩散到喉咙，就连最爱喝的花茶都难以下咽了。

前几日，梦到了姥爷，他拿着那只茶缸，说要喝茶。

肉

小时候每次跟母亲出门，我从不要东西吃，儿子也继承了这一习惯。现在不是买不起，而是膨化食品、碳酸饮料以及各种添加剂占据了儿童食品的主流，这些东西对小孩的发育没有一丝好处。

我小时候特别爱吃肉，但那时的确买不起。

印象最深的一次是，母亲骑自行车载我去八里洼供销社扯布，母亲说去了给我买肉吃。那天，我感觉母亲骑得特别慢，慢得我都能看清树梢上的知了了。路过村口的水湾，一群小伙伴儿在里面游泳，我大声喊道："俺妈给俺买肉吃去！"

到了供销社门口，没等车停稳，我就从后座跳了下来，一溜烟跑了进去。供销社的柜台是水泥做的，很长的一溜儿，上面摆满了杂七杂八的物品。出入口上平躺着一块木板，进出时，掀起木板再放下就行了。营业员坐在凳子上，翘着二郎腿，和对面的同事聊着天，柴米油盐、家长里短。手里的毛衣针有条不紊地上下摆动着，放在柜台上的毛线团不停地在原地打着转。母亲说了两遍“同志，买火腿”，营业员不耐烦地说：“嚷嚷么，又不是没听见。”我清楚地记得那营业员右手拿着切刀，刀尖放在火腿上，问：“这里？”母亲说：“往外点。”“这里呢？”“再往外点。”她斜瞟了母亲一眼，嘟囔道：“没钱就别买。”母亲很尴尬，而我的眼睛却始终没离开那块火腿。营业员不耐烦地拿了张土黄色的纸，三两下包上火腿，拽下悬在空中的那根绳子一系，拎起来往柜台上一扔，“两块四，交钱吧。”那态度，就像我们欠她两块四一样。母亲并未把火腿放到我的手里，而是小心翼翼地放进了篮子里。我看着母亲，母亲低头看看我，似乎看懂了我的心思。说：“每次只能吃一点儿。”我使劲儿点着头。那天母亲走到哪儿，我跟到哪儿，寸步不离。小手不停地往返于篮子里，那个里面装有火腿的纸上，留下了我偷吃的罪证——仅有一个小指头伸进去的洞。

回到家，当母亲往外拿火腿的时候，却发现拎出来的仅是一个空纸袋子，里面的火腿早就被我吃光了。那时候的火腿好吃，都是瘦肉，不像现在的都是淀粉。母亲没责罚我。而从那以后，我似乎厌恶了火腿，一吃就恶心，现在仍然如此。

火腿一下吃伤了，反而对鸡肉有了好感。

小时候家里养鸡。鸡粪的味道很是难闻，母亲却每天都要往外出鸡粪。她用小推车把鸡粪运到西边窑厂的一处空地上，摊开晾晒，晾干后装进麻袋再运回来，卖给收鸡粪的人。赶上天气好，一天就能晒干，要是赶上下雨，那就麻烦了。下雨时，母亲怕鸡粪被雨水冲走，都是赶紧叫上街坊四邻帮忙装运。夏天，鸡粪下面有蛆，爬得到处都是，那些自然生长的蛆却成了鸟或散养鸡的美食。如今，那些养鸡户晾晒的鸡粪下面，却难寻了，主要原因说是饲料里掺杂了药。

有些被鸡喰了屁股或者是不下蛋的鸡，母亲一般都宰杀掉，给我解解馋。我心里总是美滋滋的，终于可以吃到香喷喷的鸡肉了。那些病死的大都卖给了收鸡人，听说基本都做成了扒鸡。

宰鸡的过程很血腥，我根本不敢正眼看，只是透过指缝偷偷地瞄上一两眼。母亲把鸡爪踩在脚下，一只手把鸡翅膀和头向后掰，鸡脖子就朝前了。另一只手拔掉脖子上的毛，拿起一把锋利的刀，在鸡脖子上一抹，气管被割断，鸡血立即就涌了出来，不一会儿那鸡就气绝身亡了，然后把它放在盆里，开水一浇，拔掉鸡毛，开膛破肚，洗净剁好，倒入锅里，放上调料，火头炉子一炖，静等鸡熟。说是静等，我哪能静得下心来。这期间，我不知要掀多少次锅盖，凑上去闻闻炖鸡的香味，天上的美味也不过如此。

每次掀锅盖，其实我都关注那个鸡胗，生怕被别人吃了。往往还没煮熟，它就已到了我的嘴里。其实我也知道每次父母都舍不得吃。现在我为人父后，同样把我当时最爱吃的鸡胗留出来。

在如今这快速的生活节奏中，下馆子成了家常便饭，我也经常要炒鸡或炖鸡，还外加一斤鸡胗，却怎么也吃不出原来的味道了。

难道是我变了？

晒　谷

“七月七，掐谷吃”。这一句是农谚，“掐谷吃”也叫“吃青”，即吃尚未完全成熟的庄稼。在青黄不接的年月，把尚青的谷穗掐来稍微晾晒，不用脱粒，带着谷糠便碾轧了做成饼子或窝头来充饥。

一九八四年农历七月上旬，母亲种的两三亩谷子成熟了，家里开始了一轮新的忙碌。

秋收季节一片金黄，谷穗低垂着头在阳光照射下打着瞌睡。父母亲弯腰挥舞着镰刀使劲儿地将谷往怀里揽，汗水洇湿了头上的草帽，汗水滴在哪里，哪里就是一片“汪洋”。我在地头上，坐在父亲用两张镢和一件帆布衣裳搭就的简易帐篷里。阳光透过衣裳的孔洞，大大小小的在地上弄出了几处斑驳。我看着一群蚂蚁在一个小洞里出入，向东绵延出一支长长的队伍，来的、回的，很有秩序，一对蚂蚁试探着将触须连在一起，说了几句悄悄话，离开队伍并肩

走向远处。

谷收割回来后，要通过几天的暴晒去除谷糠。母亲就把谷一席一席地摊到院子里和平屋顶上，还有一部分就晾晒在我家南面的预制厂里。说是席，哪有那么多席可供晒谷啊，就这么个叫法。预制厂是我本家大伯开办的，没有院墙，距我家也就几十米。爷爷和表姑负责看厂。

这一天，母亲再一次摊开谷后对看厂子的爷爷说："爹，宗利上山打石头去了，俺去坡里干活，要是阴上天来，您帮俺收收，家里还有几席，兜起来放屋里就行，这是家里的钥匙，俺挂传达门口了。"说着就把一把孤零零的、用鞋带串起来的钥匙挂在门口的钉子上。

爷爷"盎"了一声就走开了。

出了预制厂的门，母亲坐在一块砖头上，脱下那双露了几个脚趾头的布鞋，一个水泡在左脚内侧鼓得锃亮。母亲顺手从边堰上折下一根野酸枣树上的刺，在嘴上一抿，一下刺向水泡，水泡像泄了气的皮球，瞬间没了光亮。母亲穿上鞋背着我，一瘸一拐地向东南方向的坡里走去。

六七月的天，孩子的脸，说变就变。刚才还碧空如洗的天空，没多大工夫黑压压的乌云就从西北阴了过来，大风四起。"时到立秋年过半，可能有涝也有旱"，母亲庆幸把自家的谷收割完毕后这场大雨才来。突然，母亲像想起了什么，二话没说背起我就往家的方向跑，边跑边语道："千万别下，千万别下啊！"那天，母亲跑得飞快。

眼看就到了预制厂门口，雨"哗"的就铺天盖地瓢泼而下，母亲一个不留神，被一块石头绊倒在地，来了个人仰马翻。我被一块地上的石头磕破了膝盖，疼痛让我忍不住哭了起来。到现在我的左膝上还留着那次意外的伤疤呢。

母亲顾不上管我，连滚带爬地迅速朝晾晒的谷席奔去。此时的谷早已和雨水混在了一起，有的被大风刮走，有的则被雨水冲走。母亲拿着扫帚和布袋，也不管是谷是石子还是什么了，拼命地往布袋里装。装完一袋子往身上一背，夹杂了雨水和石子的谷显然是重了许多，眼看就要歪倒，表姑一下托住了布袋。

刚把第二袋子运到传达室门口，母亲一愣说道："坏了，家里还有呢！"缓过神来的瞬间，摘下钥匙直往家奔去……

晚上母亲大哭了一场，拳头不停地打在父亲的胸口。

当时我不明白那天爷爷为什么不帮母亲收谷，但我记得那天晚上我饿了一夜。

那次的损失相当惨重，可以用"不计其数"来形容。

母亲后来对我说："那天跑到预制厂门口的时候，看见那些谷还在预制板上，钥匙还挂在传达室门口，就全明白了。拼命扫谷的时候，是一边哭一边扫的，后背上也不知道是雨还是汗，顺着脊梁骨就往下淌，那天淌的就是血，我也顾不上了。"

我点头"嗯"着，想起了下雨后第二天的情景。第二天，感觉太阳似乎来得稍晚了些，天未亮父母亲就急匆匆地把泡了的谷摊开。

父亲对母亲说："咱有福，今天的太阳挺好。"

童年游戏

我出生在二十世纪八十年代初，当时的村子刚刚由农村划为城镇，属市中区管辖。记忆中的童年是那么短暂，而当初真正踏入童年时光的时候，又感觉是那么的漫长。

那时村里就一所幼儿园，坐落在村中央，对面有一口井。小时候我不敢到井边去，老师告诉我们，那里有一条大蛇，谁过去就吃谁，小朋友们都深信不疑。幼儿园门口常常坐着一个租小人书的男孩儿，我非常羡慕他。一辆四轮小车里面全是小人书，他每天都坐在门口认真地看，我们想要看的话，就要交一分钱，要是带回家看，则要交五分。我一次也没看过，看着别的小朋友津津有味地翻看，我的心里别提有多痒痒。

小时候因没钱达不到自己的目的，所以现在我的储物柜里收藏了很多小人书。

那时候上下学没有家长接送，都是自己或和附近的小伙伴一起去。每天我们到幼儿园的时候，都能看到那个租小人书的男孩儿，坐在一个破凳子上，腿上搭着一条脏兮兮的床单，小人书放在床单上，聚精会神地翻着，每当有小孩儿过来租书，他头也不抬地说“一分”。再看他的小推车，没有把手，就像婴儿车一样，四周都是木头围起来的，下面有四个轮子。我从未见过他推着车子来去。直到有一天放学时，突然下起大雨，所有人都一溜烟儿跑了，我也赶紧跑到传达室的厦子底下避雨。此时，我看见他正吃力地往小车上爬。我恍然大悟，原来他想用身体为小人书遮雨，不让雨淋湿他心爱的书。我更惊讶地发现，他的双腿很短很细，而且还都往内侧佝着，当时不知道这是怎么回事，后来才知道那叫小儿麻痹症。看门的老大爷赶忙把他推进传达室里，把淋湿的小人书晾在了靠窗户的桌子上。他的眼泪就像雨水一样，落个不停。后来上了小学，我再也没有见过他。

我真正的发小有两个，是光着屁股一块长起来的。我和王郑在同一条胡同里，他在南头，我在北头。周义则在我家东边的另一条胡同里，后来改名叫周厚义了，当时他的父亲是村支书。他们家院子里种了几架葡萄，每到丰收季节，那一串串紫红色的葡萄挂在架子上，很是诱人，让人馋涎欲滴。一个下雨天，我去找他玩儿，临走时偷偷地摘了一串，那味道回味至今。而那以后再见到他家的人时，心里就打鼓，生怕人家质问我。这或许就是做贼心虚吧。那件事过后，我再也没敢摘过人家的葡萄，也没有人问我，或许他们家早就知道是我摘的吧。

我们几个发小天天在一起玩儿，捉迷藏、扇洋片、弹玻璃球、掇瓦屋。当时在我家平台上，有一些木棍铁管之类的东西，现在看来就是一些废品和垃圾。就是这些现在所谓的垃圾，却成了我们的

“枪支弹药”。有机枪、手枪、手榴弹，还有电影《英雄儿女》里主角王成用的爆破筒。每当拿起爆破筒的时候，我就喊“向我开炮”。紧接着就把爆破筒扔了下来，假装“牺牲”了。有一次我们闯了祸，爆破筒被扔下来，又反弹了一下，结果正好砸到了窗户玻璃上，“哐啷”一声。母亲从屋里跑出来，吼道：“小兔崽子，下来，看我不把你屁股揍开花！”他们一看闯了祸，趁母亲去找笤帚疙瘩的当儿，呼啦一下全跑光了。一顿打挨在了我的屁股上，心想，这些叛徒，以后再也不理他们了。第二天，我们依旧耍着。

小时候爬树是我们男生最基本的本领，掏鸟窝、拧柳哨都靠爬树，谁爬得高谁就最受女生青睐。爬树讲究动作要领：先是往上一跳，两个胳膊使劲抱住树，两腿一前一后锁住树干，左脚脚后跟卡在树的另一面，右脚的脚背贴在树的正面，利用腰部的力量，两手一松一紧接着往上一挪，两脚也一松一弛，像豆虫一样往上移动着。不要小瞧这速度，不一会儿就骑到树杈上了。也不要小瞧这技术，当时这可是必备的技能，让现在的小孩儿爬爬试试？那时村里杨树多，我们爬到杨树上玩一种游戏，叫“杠老杠”或“拔老根”。就是把树叶摘下来，把叶子去掉，只留下叶柄，两只手捏着两头，两个小朋友面对面，两根叶柄交叉呈十字状，同时用力往自己方拉，被拉断的一方为输。就是这小小的游戏，也有技术含量。要是直接摘下来就拉，再粗的叶柄也断，因为脆。要先将叶柄弄柔软了，于是两只手拿着叶柄两端不停地摇转，像蹬自行车时两只脚的样子，待叶柄出现潮湿状，就刚刚好，要是摇过了，也容易断，所以火候要把握好。以柔克刚的道理就在于此吧。大一些的孩子心眼儿多，找一条粗些的叶柄，把事先准备好的细铁丝插入叶柄里，这样一来，你火候掌握得再好，也无济于事了。

那些年，在单调中我们过着充实的童年。我们的童年里没有平板电脑，没有网络游戏，也没有wifi，却充满了生存的智慧和朴素的欢乐。而在科技发达的现代，很多孩子都成了“孤儿”，没有玩伴儿，没有童年的乐趣，成了书包的奴隶、孤独的孩子。

转眼间，我的孩子也到了我当年的年龄，他每天放学回家写完作业就玩平板游戏。有时免不了说他两句，给他讲我童年的事情。总是还没等说完，儿子就不耐烦地说：你不懂，这才叫游戏。

我顿了半晌，难道是我们跟不上时代了？

拖拉机旧事

小时候我有两大特殊嗜好，一是爱吃土垃块，每次和母亲出门，只要她稍不注意，我就立马蹲下捡起一块儿放在嘴里，每次都会挨打，但总是屡教不改，那时觉得土垃块就像巧克力一样；二是爱闻拖拉机烟囱里冒出来的黑烟，尤其是拖拉机加大油门上坡的时候，烟囱里冒出股股浓烟，我总要追上前去闻上一闻，感觉很过瘾。吃土垃在我的记忆中已经慢慢地淡去了，然而，拖拉机的故事却记忆犹新。

二十世纪八十年代中期，二姨父买了一台拖拉机，当时是相当场面的事情，在他们村里也没有几台。每次他开着它来我家的时候，我倍感兴奋。他驾驶技术不用说，就拿倒车来说吧，无论大街小巷、沟壑堰边，都能轻松自如地过去，我佩服得五体投地。要知道拖拉机往后倒车是要打反方向的，可不像开汽车那样，想往哪倒就往哪儿打。拖拉机是有车斗的，中间的轴是连接车头和车斗，想让车斗朝左，就得往右打方向，反之亦然。

拖拉机打火是不用钥匙的，摇把子是通用的拖拉机“钥匙”。夏天摇拖拉机比较容易，气温高，润滑油粘稠度低。到了冬天，润滑油粘稠度高了，摇起来很费劲，往往摇几下就会大汗淋漓。

有一年冬天，二姨父一家在我家吃完饭后要走，他说先去摇车，我兴冲冲地也跟了出去。我站在拖拉机头靠近烟囱的地方，他摇了好大一会儿也没摇着，我有些着急，说：“姨父，我试试。”他说：“可不行，你别添乱，我这都出一身汗了。”“我试试怎么了，你怎么知道我不行啊？”“好好好，你试试，打了手可别哭啊！”“打了手”就是摇动摇把子的时候，一圈没转过去，又倒回来，摇把子就会打到手上，俗称“打了手”。打轻了肿个三五天，重了能打骨折，往往都是力气小的容易被打到。我高兴地转了半圈跑过来，学着他样子，朝手上吐了一口唾沫，双手一撮，拿起摇把子就摇，任凭我怎么使劲儿，那摇把子纹丝不动。我有点急，就问他：“是不是你拉着刹车，我怎么摇不动呢？”他点了一支烟，悠闲地吐着烟圈说：“这和刹车有啥关系，你不是挺厉害吗？摇啊！”我垂头丧气地扔下摇把子就要走。“别走啊！看我的，不过你得给我帮帮忙。”我一听他要让我帮忙，就说道：“你厉害你自己摇啊，还用我干什么？”“我一个人不是费劲吗？来，你给我扶着风门，我说‘好’，你就松，行吗？”我一听这新鲜事儿，立马答应了。我走过去蹲下扶好风门，他把烟头往远处一弹，烟头弹在墙上又落到地上，就像冬日里一个被遗弃的婴儿，奄奄一息了。他又往手上吐一口唾沫，铆足了劲，身体和摇把子一起动起来，我抬头看看他，他的头拼命地上下摇晃着。“好！”我的脑海里好像记起了什么，手瞬间松掉，风门随即关掉了。这时，就听见“突突突”的声

音，对面的墙接着就被一团浓烟淹没了。等我反应过来，那“好闻”的烟早已飘散开了，只留下一丝淡淡的味道。我有些失落，就像被霜打了的茄子一样，蔫了。二姨父说：“哎哎哎，怎么了？你想的啥我知道，你妈早就给我说了，说你爱闻这烟味。”他顺手指了指散开的烟。我轻蔑地看了看他，生气地跑开了。

小时候调皮起来也经常扒拖拉机玩。我家不远处有一个斜上坡，我们三两个小朋友就会聚集在坡底等着拖拉机来，瞅准时机，两手扳住拖拉机后斗的挡板，小碎步来回调整着步子，支撑腿一蹬，两只脚顺势踩在挡板的下沿，慢悠悠地上了坡顶，当时很有成就感。然后我们再追逐着跑下来，等待着下一辆的到来。有的小朋友抓不住掉下来或没踩好磕碰了腿，就成了其他小朋友向女同学“传送”的笑料。

我的左臂比右臂有劲，这是原来骑自行车扒拖拉机的杰作。骑自行车扒拖拉机讲究技巧，不然会出危险。右手扶着车把，左手抓住拖拉机斗右后方的角或扳手，手臂伸直，尽量让身体离拖拉机远些，两只脚自然蹬住脚蹬，车把随拖拉机的摆动而摆动，这样就不会碰着了。扒拖拉机这一招，我美其名曰“猎物”。

姥娘家住在城南离我家大概十公里的地方，往那走基本都是上坡。小时候骑自行车去很是费劲。我基本上都是慢悠悠地骑，并不时回头张望，看看有没有满载货物的“猎物”顺路南行。满载的“猎物”跑得慢，容易抓，还不会被司机发现。而空车的“猎物”跑得快，自行车根本追不上，而且很危险。有一次，我等待的“猎物”来了，等他开过几十米后，我就奋起直追，那种动力就像被打了鸡血似的，一副追不上誓不罢休气势。我紧蹬慢蹬，好不容易抓住了，心想，总算没白费，这下可以安心了。可是没走几百米，人家拐弯了，我差一点从自行车上跌落下来。

在我的印象里，还是好心的司机比较多。也有个别的司机发现后，会故意甩你，左右打方向，直到甩掉为止。有好心的司机喊一句“抓稳了啊”，让人心里暖暖的，就丝毫没有会被发现的那种顾虑，安安稳稳，悠哉悠哉地跟着上了一个大坡又一个大坡，临撒手大喊一声“谢谢了，叔叔”。那边一招手就代表“听见了，不用谢”的意思。有时我会一直望着那只手和车，渐渐地消失在我的视线里。

拖拉机也是有盲区的。十二岁那年的一个周末，早上的天空阴沉着脸，阳光还在路上就被一层层云雾挡住了去路。我扒着一辆拖拉机，在一个拐弯处，一位与我同龄的小女孩儿骑着一辆自行车在我前面，拖拉机拐弯时根本就看不到后面，就在离我不足两米的地方，右后轮直接从小女孩儿的头上轧了过去，现场惨不忍睹。闻讯赶来的女孩儿父母当时就瘫软在了地上。

后来，我很长时间都不敢自己走那条路，尤其是晚上。有一回晚上父亲骑摩托车载我回来，路过那条路，恍惚间，我分明看到那个女孩儿回头看我，而我的头一直埋在父亲的怀里。

砸　缸

年轮碾压了我三十四圈，在我记忆的每一圈里，始终有一种痛存在着。

三十多年前，我所住的村庄还属于农村。那时候家家有地，户户住的是平房，基本都在院子里养个鸡、鸭、狗什么的。父亲在外干建筑或拉地排车运石头，母亲负责理家。他们老实本分，勤俭持家。我们家从一无所有到现在，父母真的是用人肉换猪肉。母亲常对我说“吃不穷，喝不穷，算计不到一世穷”。当时我根本理解不了这是什么意思，或许母亲怕被人瞧不起吧。

然而，恰恰瞧不起我们的，是父亲的父亲。他曾不屑地对父亲说：“将来你能吃上这个就不错了，这个就别想了。”他一手拿着窝头，一手拿着白面馒头，前者的“这个”当然指的就是窝头了。我曾问过父亲，他怎么对咱这样呀？是呀，为什么这样？这个问题困惑了父亲五十多年。

那些年家家都很穷，一分钱恨不能掰成两半花。父亲一个发小的家里穷得揭不开锅，父亲知道后，赶忙让母亲把家里的玉米面弄一半给他们送去，把身上仅有的五块钱换开，拿一半一并给了他们。父亲用剩下的两块五毛钱买了一个大的黑瓷水缸，那个时候家里没有自来水，都要到一公里外的井里去挑。我记得，当时那个缸和我一样高，母亲刷缸的时候，我还在里面洗过澡呢。

后来，缸就被挪到了屋门的后面，紧靠着一个高低橱，缸沿上挂了个铝舀子。我每次上学或是疯玩回来都是“咚咚咚”灌上几口，无论寒暑。

母亲舍不得用 10 瓦的灯泡，所以我们家吃饭的时候，基本都在屋门口。后来，就到了屋外的门口。那是父亲把门上的玻璃换成了三合板之后。

之所以换成三合板，是父亲的父亲拿竹竿连续捅了两次玻璃。他第一次来捅玻璃的时候把我吓坏了。母亲刚刚为我盛上一碗稀饭，用牙齿把一大块儿疙瘩咸菜咬成小块儿放进碗里。就听见“咚咚”，六块儿完整的玻璃变成了无数块儿碎片，瞬间散落在了地上。那些玻璃碎片似乎也害怕起来，有的躲进了桌子底下，有的一个猛子扎进了缸里，有的头也不回地跳进了我的碗里，似乎是要我保护它。母亲赶紧把我抱在身上，眼睛紧闭着，我感觉到我和母亲的心脏跳得一样快。而他，却头也不回地扬长而去。我擦拭着母亲眼角的泪痕，说道：“爸爸在就好了。”

其实父亲在与不在是一样的。被换上的新玻璃没几天又遭到了同样的厄运，这次父亲在家。他捅完玻璃后又是扬长而去，他是得意地走的，是和那根与他作案两次的竹竿一起走的。我知道，他还会回来，还会拿着那作案工具。父亲的软弱并没能给他带来半点的怜悯，相反，让他更加变本加厉。在以后的日子里我意识到，捅玻璃，这仅仅是开始，仅仅是父母亲厄运的冰山一角。

两次之后，父亲没再装玻璃，而是换上了三合板。这样一来，屋内的黑暗给我一种带上墨镜的感觉。10 瓦的灯泡被换成了 5 瓦。

不祥又是不期而至，他总是赶在午饭的时候才来。母亲刚在屋门外摆上碗筷，他就像幽灵一样，站在了门口，手里的竹竿似乎也在跃跃欲试，“斜楞”着我，似乎有种狗仗人势的感觉。他发现这次根本用不上竹竿，便顺手一扔，竹竿就像饿狼一般直扑过来，我往后一撤，正好砸在盛稀饭的碗上，稀饭连同咸菜被分了个凄凄楚楚，我不知道我为什么如此地不招他喜欢的。母亲赶紧把我抱进屋里，他也径直跟了进来。顺手拿起缸沿上的舀子，猛地砸在高低橱的一侧，舀子和橱子两败俱伤。舀子上凹进去了一大块儿，橱子被砸了个大窟窿。接着他又拿起一块磨石，砸在了缸上。缸裂开身子，一股脑地把“苦水”倒了一地，这“苦水”流到哪儿，哪儿就是一片汪洋。这缸水慢慢地漫过了我的脚趾，漫过了我的脚踝，漫过了我的“心脏”。

我感觉整个人都被这“苦水”浸泡了，浸泡得如此透彻，就连血液里也浸泡得满是苦涩。

庆　军

中秋节放假期间在老院子收拾储藏室时，不经意间发现了一个紫色小盒。盒子的正面上贴着一张“赵雅芝”的贴画，打开，一面是镜子，镜子上贴有一“心”形图案，并有一个红色的大大的“爱”字；盒底有十几个当初我放置的纪念币和袁大头银元，我看着盒子，脑海里浮现出一段故事。

庆军仅大我两岁，却长我一个辈分，本应叫他叔，但我从未叫过。他家与我家只隔一条胡同，在我家屋顶上，要是助跑成功，一准儿能跳到他家去。儿时我曾试想过很多办法要跳过去，却一直未敢，怕万一跳不过去，掉地上摔坏了。

他小学时就骑自行车走街串巷卖冰糕，一个暑假下来，晒得黢黑。当时还没有冰箱，批发来的冰糕要是卖不了，快化了的时候，我总能跟着沾个光。我母亲说，庆军是个生意精。

记得有一年，他说有个生财之道问我干不干，我说干。

我本家大伯是开混凝土预制厂的，打好的预制板在村里随便找个空闲的地方放着，有要的再让车拉走。预制板一放就是好几摞，一摞七八层。两头有裸露的钢筋头，长短不一。他发现这钢筋头可以卖钱，自己势单力薄，我们两家挨得近，我又和厂长是一家，所以他就叫了我。

我俩一开始赤手空拳上阵，徒手掰较长的钢筋头比较容易，上下来回十几下，就能弄下来，而短的费劲不说，还容易伤到手。

他对我说："短的不要，弄长的。"

按照他的指令，几摞七八层的钢筋头被我俩弄得所剩无几了。也不知道他从哪儿找来了塑料袋，把战利品统统装进去后，我们直奔废品收购站。这一路上，塑料袋被扎了个千疮百孔，他在前面跑，我在后面捡，累得我气喘吁吁。

那一次卖了十一块钱。原本说好的一人一半，我盯着废品站老板给的钱，两张五块和一张一块的，等着他给我五块五。

他说："没零钱给你，就给你五块吧，下次咱再说。再说了，这办法是我想到的，也就该多要。"

我没想太多，能给五块钱也挺好。

我俩吃上了甜头，一发而不可收拾。下午一放学就去，村里的预制板差不多让我俩光顾遍了。后来，短的我们也不放过了。用石头砸，用脚跺，但效果太差。

我说："咱不如弄个钳子，多省事啊。"

"好好好，你抓紧去拿，我在这儿看着。"

"那这回卖了钱，我可得多要一块啊。"

"行行行，赶快去吧。"

从那以后也怪，每次卖的钱，俩人正好一人一半。有时也有多余的时候，可他总能拿出五角的来找给我。

那年，我俩正好都在张安中学上学，我上一年级，他上三年级。在学校里别人都叫他“二柱”，或许是他长得比较敦实的缘故吧。在学校门口有一家商店，他经常光顾，时不常买些糖和瓜子之类的零食，送给他班里的一个女生吃。

那时的冬天特别寒冷，哈出一口热气，都会在鼻子上留下些许的凉气。他叫我陪他去晨跑，我虽有些不情愿，可还是去了。

周六的一天早上，他一如既往地来叫我。本想推脱，可那诱人的油条味儿，早已顺着门缝飘了进来。那天，我俩是边吃边走的，他怀里还抱着一个很大很大的毛绒玩具。

我问他：“从哪儿买的？很贵吗？这是给谁的？”

他说：“别管了，跟着去就是了。”

“你是不是喜欢你班里的那个女的？”

“你怎么知道？”

“早看出来了，你净买东西给她，这个玩具也是给她的吧？肯定很贵。”

“嗯，六十多块，咱俩得卖好几天的钢筋头。”

跟着他进了西八村的一座二层小楼里。一看就知道这是女生的家，卧室里的物品摆放得整整齐齐，床上的床单铺得平平整整，还略带着些许的茉莉花香气。不像我俩的屋里，尽是臭脚丫子味儿。

那女生给了他一个首饰盒，紫色的，让他回家后再打开看。在路上，他迫不及待地打开带有贴画的盒子，我发现盒底有封信，信纸是粉红色的，纸上的字很是清秀。盒子的镜子上贴着一个“心”形图案，图案上一个大大的红色“爱”字。

我不解地问：“这个字怎么是红色的，感觉像是老师批改作业用的红笔一样呢？人家肯定是不同意。”

“别瞎说，这不给咱写信了嘛。”说着，他把信展开看起来，全然忘了一旁的我。

突然，他把信撕了个粉碎，盒子也欲要摔了，我赶紧夺了过来：“这个别摔，你不要我要。”

如今看到这个盒子，回想起很多童年的事情。自从村庄拆迁后，我再也没见过庆军，也不知道他现在过得好吗？

2016.9.17

老陈叔

有一年夏天，我在父亲的摊位前玩儿。父亲突然叫我过来，问我是否愿意去灵岩寺，虽然那个时候不知道灵岩寺是何许地方，出于好奇我还是满口答应了。然后坐上老陈叔的机动三轮车，现行去他家，在他家里等待两天后与父母会合。老陈叔是父亲刚刚认识的朋友。

经过了一个小时的颠簸，我到了位于柳埠镇的四秋村。老陈叔家就在四秋村的南头，紧邻灵岩寺北侧。他家里的大门是用酸枣树枝扎起来的，上面的刺早已不知了去向，抬起大门往后一撤，摇摆一下就倚靠在了石头墙上。当我看到高矮不一的土坯房子、没有一点生机的院子时，我开始后悔了。

老陈叔儿女双全，女儿比我大两岁，儿子比我大一岁，我们属于同龄人，所以还能玩到一块儿。有了两个小伙伴的陪伴，白天就过得快了。到了晚上吃饭，我听到婶子对老陈叔说：“瓮里的面就

够今天晚上的了，明天让人家孩子吃什么啊？”“你别管了，明早我去李栓柱家借点，明年收了麦子再还他就是。”老陈叔一边说着，一边拿出自卷的烟卷放到嘴上，一根火柴点燃了烟卷的生命，瞬间燃烬了一半。晚上的手擀面很好吃，我的碗里有个鸡蛋，婶子说：“鸡蛋每人一个，小强快吃，别看他们，你姐和你哥都吃完了。”我看着姐和哥，他俩看着我的碗。吃完才看见，火头炉子旁只有一个两半的鸡蛋壳。

吃完饭，小哥哥带着我去村北头的一家商店看电视。据说这是当时村里唯一的一台 17 寸黑白电视机，也就看三个台。但每天晚上有很多人拿着凳子和扇子，带着老婆孩子，有的甚至带上凉席，铺开就直接躺上了。

看完电视回来，我们五个人挤在一张床上，也不知道谁压着谁，谁挤着谁，反正一觉就到大天亮了。

第二天一早，老陈叔带着我去了坡里，穿过一道又一道乡间小路。老陈叔问我：“爱吃狗肉吗？”我说：“没吃过。”他说：“今天就给你炖一锅。”我蹦跳着跟着老陈叔来到一棵树下，一根铁链子拴在树根底部，一摊血迹留在地上。老陈叔攥着铁链子，牙根咬得吱吱作响。我问：“怎么了，叔？”他说：“这几天镇上打狗，我就把家里的狗拴在这里。本想，与其让别人打死，还不如自己动手，还能吃肉，可倒好……不知哪个缺德的把狗给夯死了，还给弄走了。”老陈叔带我跑遍了所有可疑的人家，但没有发现任何线索。那一天，老陈叔再没说一句话。直到父母下午来了，在一阵劝说下他的脸色才稍稍有些好转。

吃罢晚饭，老陈叔两口去东屋打地铺。我们三个孩子和父母一同挤在西屋的床上。半夜里，还在睡梦中的我被母亲翻来覆去地给弄醒了。睁开眼睛才发现，父母端着煤油灯在我身下找着什么。我问：“干什么啊？”母亲问：“咬得慌吗，痒痒吗？”我说：“没觉得。”母亲说：“我在你身下逮了两个虼蚤，你看。”我没有看，翻个身呼呼又睡了。

那一夜父母好像再也没有睡着。

童年匆匆而过，在我的世界里好像留下了些什么，又好像什么都没留下。正如人生：寻着梦，飞奔；苦与乐，抛洒；把前世，留下。

跋

王　强

对我来说，二〇一六年是一个收获之年。四月，次子王梓安喜降于世，为家庭增添了一份欢乐；八月，新书《那年，那些房客》终于结稿。

过了而立之年，便褪去了稚气，越发成熟。虽然没了雄心壮志，但我不甘于随波逐流，想来文学的天空是最纯净的，于是我把自己交给了文学，“爬格子”成了我唯一的爱好。

有人说，我是一个有故事的人。其实，大多时候我只是一个看客，别人的酸甜苦辣只能由别人咀嚼，正如这部集子里的故事，个中滋味只属于他们罢了。这些文章，大部分是我利用业余时间写成，深夜居多——夜越深，越入心。每每都是父母、妻儿入睡后我才能进入自己的内心世界，才能让这些埋藏已久的故事流淌于笔端。创作期间，母亲总会半夜起床，劝我早点儿休息。但直到所有文章杀青后，在校稿期间，我才得以早早入睡。一日晚饭时，母亲问我："最近晚上怎么不写了呢？""杀青了。"我答道。母亲愣了，我接着解释："就是写完了。"母亲没有说话，默默地夹了一块肉，放进我的碗里，沉甸甸的。

继二〇一四年推出诗集《悄悄滴落的心雨》之后，在这匆匆而过的两年多的时光里，自己又写了不少文章，《那年，那些房客》就是其中散文部分的核心，其中记录了二十世纪八十年代至二〇〇一年城郊结合部租房人的生活，其中不乏伦理道德、家长里短的是是非非和恩恩怨怨，本该平平淡淡、从从容容的事情，被演绎成人间百态。

在集子整理出版过程中，得到了许多朋友和同仁的关心支持。首先感谢著名作家、书法家李炳锋先生，他给了我大量的精神和物质鼓励，是打捞起我灵魂的人；著名诗人、诗评家马启代先生在百忙之中提笔作序；赵晓平先生、杨春梅女士、任锡明先生不遗余力，给我创造了良好的学习和创作环境；彭子钢、成远方、王吉峰、钱璐瑶、杨婷等诸位同仁鼎力相助；另外，还得到了济南周三读书会各位文友的大力支持，在此一并表示感谢！

看似寻常最奇崛，成如容易却艰辛。这部用朴实文字记录的故事，其中酸涩，或许只有自己才能深深体味吧。

作　者

2016 年 9 月